TALAKUNE

Miller A. Matine

Diagramação   Miller A. Matine

Capa   Rodolfo Pomini

Revisão   Albano Joaquim

Título   Talakune

Editor   Miller A. Matine

Impressão   CreateSpace

1.ª Edição   Dezembro, 2018

ISBN   978-0-9986461-2-1

Email   rolder@icloud.com

Website   www.mamatine.com

Instagram   @m.a.tine

DEDICATÓRIA

A tudo aquilo que fez as ideias que compõem este livro suscitarem.

MILLER A. MATINE

PRÓLOGO

O escritor é um ser que aceita usar uma miríade de corpos e que paga o mico pelas convicções de suas personagens. Um ser que se apropria de elogios, também, pelas convicções de suas personagens. Essa é a sua desgraça, essa é a sua graça.

Oh!

Bem...

Espero que a semente germine em solo alheio onde haja suficiente estrume; que o pescador salve as águas em que os doutos se afogam; que a ave alegre os ouvidos dos depreciadores de canções suaves. Que a semente germine madura, encubra a casca e pereça verde.

Finalmente, apresento-lhes, o meu Talakune.

Desejo-lhes uma leitura amena, amigos meus.

Miller A. Matine

MILLER A. MATINE

I

SEIS HORAS DA MANHÃ. ACABA DE torrencialmente chover. Os moradores dos arredores de Nampula estão em dissabores. As suas casas, de pau-a-pique, despiram-se do matope.

— Leopoldina! Leopoldina! Acorda, sua filha de porco! — Foi nesses termos que a Carolina acordou a filha, que dormia tranquilamente, como se nada estivesse a acontecer.

Leopoldina esfregou os olhos com os braços, para sacudir o sono e limpou com a capulana umas gotas de água que lhe beijavam, sem permissão, os lábios ainda virgens.

No entanto, cinco minutos depois, ouviu:

— Eu disse para acordar, você, sua filha de leoa. Não vê que não há mais paredes que te escondam da tua vergonha?

— *Mas mamã só me acorda a mim. E Talakune?*

— Suca! Bardamerda! Pare de ulular! Onde foi que aprendeu, pergunto eu, onde foi que aprendeu a responder a sua mãe assim? Amizades, né?

(Silêncio)

— Diga-me: onde aprendeuuuu? "E Nhonhonho"? Talakune é homem — esse homem tinha apenas sete anos. — Acorde e ajude-me a fazer trabalhos de mulher — e essa mulher, somente tinha doze anos.

Leopoldina levantava-se. Dobrava a esteira. Punha-a num canto (por sinal o único canto com boa cobertura) e obedecia...

De facto, o que outrora estava oculto, agora se dava às vistas — ao mundo de Deus —, o que fazia com que, o que possuía uma casa de blocos de cimento e chapas de zinco, ou por outra, o abastado, lançasse olhares aos desafortunados vizinhos, dando gargalhadas, acompanhadas de palavrões inaudíveis, mas muito inaudíveis que mais foram ditos em pensamento do que por outra via: «Quando eu construía a minha casa. Eh! eh! eh!... quando eu construía a minha casa estes macacos me tomavam por... sim, isso mesmo, me tomavam por maluco. Agora que aguentem, eh, que aguentem!»

— Bom dia, vizinho — finalmente cumprimentava ele, em voz alta, movimentando a sua mão esquerda no ar. — Bom dia! Acordaram bem?

E não lhe respondiam, senão com um olhar penetrante e vil. Aliás, é preciso apontar que estes gestos, meio discretos, junto a esse "bom dia, vizinho", provocavam aos sacrificados uma certa amargura, uma certa tristeza e, até certo ponto, um sentimento de repulsa contra o fautor do mundo.

— Mas que asno! "Acordaram bem?" Será que ele não vê que estamos *assim....*? Esse Deus (também) que não nos olha, nós *Lhe fizemos* o quê?

As ruas, alagadas e encovadas, perjuravam o seu dever. No entanto, ainda com tudo isso, havia um e outro que ignorava o facto de que chovia, e apressava o passo para o seu posto de trabalho, para o conforto iludente, talvez para fazer de conta que trabalhava ou que era um profissional sério e comprometido com a sua tarefa. Ou estaria ele a pensar: "Vale a pena perder um abrigo do que um emprego?" Bem, a verdade era que, por conta desse "faz de conta", era possível ver transeuntes, na sua maioria os homens (porque os homens eram os provedores), descalçarem os sapatos para evitar que eles, os sapatos, pisassem nas fezes que a maldita chuva ali trazia a partir de outras esquinas, dobrarem as calças e, pé ante pé, seguirem...

Os rapazes enchiam os sacos vazios de areia para, de seguida, sobrepô-los nas paredes *sobreviventes* da casa, de modo a evitarem que ela desabasse. As raparigas corriam, seminuas, com tambores ou bacias ou baldes ou bules e outros objectos para enchê-los de água pura; água que vinha directamente de lá onde mora Deus para o telhado de zinco das casas dos abençoados.

Era divertido ver.

Era divertido o modo como as nossas mulheres, do nosso bairro, não se importavam de mostrar os seios ao contrário do que acontece com as mulheres das cidades de luzes. Uns se cumprimentavam, como se há muito se conhecessem. Outros, nem tanto. Havia os que, por não terem emprego, se ocupavam em deambulações, nas calçadas lamacentas das artérias insaneáveis, procurando alguma coisa que oferecesse sossego ao estômago das crianças e das suas esposas que, com certeza, aguardavam pacientemente, enquanto queimavam o tempo "comendo" a vizinha mais gingona e abastada do bairro. Ali, Deus era o *conselho municipal* e, as águas da chuva, os funcionários; — eram elas, as águas da chuva, que faziam a devida limpeza sanitária e atenuavam o cheiro peculiar das fezes amontoadas nas rochas do rio Muhaala. — Já que era raro ter-se uma latrina que não desabasse, mesmo com uma chuva miúda —.

Finalmente a chuva parava. O sol espreitava, meio receoso. E, por via dele, as "vítimas" secavam tudo o que a chuva havia molhado, e voltavam a guardar nos seus devidos lugares; os rapazes jogavam a bola feita à base de trapos e camisas-de-vénus pontapeados por aqueles que, obviamente, para além de conceberem mais *desafortunados*, aumentavam o risco de doenças transmissíveis por via sexual:

— Eu gosto de *carne-com-carne* — dizia um.

— Tens razão. — concordava o companheiro. — Ter relações sexuais com *plástico* é o mesmo que ir a Roma e não ver o papa.

— Mas não é isso, pá?

— Arre! Pensam que enganam a quem, aqui? "Evitem sida, evitem contrair HIV e sida". Sida uma ova! Vai ver que essa coisa de sida apanha-se nessas mesmas coisas de camisinhas.

— Pode ser que sim, Abdala. Pode ser! Puxa! Como foi que

eu não pensei nisso?

—Ah! Experimente, Selemane, experimente colocar um pouco de água nesses "balãozinhos". Amarrar. E deixar por uns dias...

— O que é que acontece?

— Eh! Eh! Eh! Adivinhe!

— Não faço ideia.

— Eh! eh! Então experimente...

— Está bem. Mas, diz-me, o que acontece?

— Micróbios, Selemane. Micróbios. Eu pergunto: de onde provêm?

— Ipah! Artimanha de ocidentais. Querem exterminar os pobres!

— Só pode!

— Mas não vão conseguir.

— Também eu acho!

— Não vão conseguir porque se morrem duas hoje, nascem três pessoas amanhã.

— Malandros!

— "Usem preservativos...". A mim não apanham esses macacos! "Usem preservativos..." Não hei-de usar esses plastiquinhos nem que esteja amarrado; não hei-de usar esses plastiquinhos, por nada no mundo, nem que esteja com a Neyma Alfredo. E se alguma mulher tentar insistir.... digo-lhe logo: dá-me o meu dinheiro. Ah! Prefiro bater *cinco contra um.*

— Mil vezes "preferível".

— Querem ajudar? Que nos mandem comida. É de comida que precisamos. E não de camisas-de-vénus.

E esses cavalheiros abraçavam-se felizes e demoradamente, por notarem que acabavam de fazer troça dos intrometidos na vida dos pobres.

Voltando à vaca fria. Dizíamos: finalmente a chuva parava. O sol espreitava. Receoso... Maticava-se a casa. Ou: tapavam-se, com plásticos ou sacos de sisal, os buracos provocados por água divina, água de **A**lguém infalivelmente **B**ondoso, mas desprovido de **C**aridade!

— "Papá, ai-ai-iah; papá, ai-ai-iah." — Cantarolava, alegre, a filha do esposo da fofoqueira (aquele sem emprego, mas que, sabe-se lá por que vias, conseguia trazer alguma coisa comestível em casa), enquanto recebia a trouxa agarrada às mãos do provedor, mãos pálidas e cheias de calo, que denunciavam qualquer trabalho forçado. De seguida, ao recém-chegado, empurrava-se-lhe uma cadeira, ainda molhada, uma cadeira feita à base de caniço, vulgo *a vida começa assim*, onde ele sentava o seu rabo já cansado, como se fosse ele e não os pés que teria efectuado a árdua tarefa de andarilhar. Não. Não se via nenhum beijo entre o casal. Não. Também não havia uma manifestação de afecto. Era, talvez, uma coisa sagrada de se fazer. Pelo menos, na presença da vizinhança e da criança. Apenas lhe perguntavam: "Como foi o passeio?", enquanto lhe faziam manilúvio, ao que o visado meneava a cabeça, também fatigada, como quem quisesse dizer: "A andança foi assim-assim". De seguida, davam-lhe, numa tigela de cor verde como alface, duas bolas de *xima* com folhas de batata-doce. E ele atacava essa refeição, com todas as forças que lhe restavam, para aplacar a fome.

— A mim, só interessa que ele traga pão. O resto seria demasiado arresto. — gritava a esposa às amigas, a nove passos do marido. Falava em voz muito alta como se o marido não estivesse ali, como se quisesse ter a certeza que ele ouvia o seu encómio.

— Quando chove, Nampula fica uma porcaria... assim a EDM1 *cortou* a energia!

— Mas, pelo menos já nos ajuda a limpar o lixo e o cheiro nauseabundo. Não achas, vizinha? Eu sabia que concordavas comigo. E eu com EDM? Eu como uso candeeiro, não me preocupo com o que *eles* aprontam. Olha quem está a passar ali. Eia! Ginga porque Deus a viu. Ela pensa que é alguma coisa; que a roupa e a boa comida lhe acrescentam um olho. Kwá! O quê, ali? Ouvi que o marido queria lhe divorciar porque ela não consegue dar-lhe filhos.

— Não tem filhos? E aquele menino?

---

1 Electricidade de Moçambique

— Ter filho enquanto ainda não me pagou? Kwá! Não tem nem... Aquele menino é dele com outra mulher, fruto do terceiro casamento. Parece que ele também não...

— Não? Mas tem filho!

— Eh! Eh! Eh! Até parece que não sabes, só uma mãe é que tem a certeza que os filhos são dela. [disse ela falando aos cochichos]

— I-A. Podes ter razão. Uau! Será que *lhe* mentiram? Também queria ver do jeito que ela bate àquele menino. Via-se que nunca esteve na maternidade.

— Por aí. Se aquele menino fosse dela..., mas, será que o esposo também lhe maltrataria?

— Depende. Nas condições em que está, nem pensar. Estaria a babar o menino como forma de também babar a mãe. E se fosse enteada...

— Se fosse enteada daria no que todas sabemos. Apaixonar-se-ia por ela.

— Assim safou-se do divórcio aquela *nankwa-nepa?*2

— Safou-se do divórcio. Sabem porquê? Porque aconteceu que ele caiu, ou melhor, faliu.

— Afinal? Por isso...!

— Mas *você pensavas* o quê? Agora é ela quem assegura as paredes daquela casa. Houve uma conversão dos valores: de

2 Vadia

adulado passou a adulador. É ele quem se atrela a ela. Empacara-se, feito um morto já na mortalha, como que se desfazendo daquele "descasamento", fosse perder a sua cor.

— Que cor, tu? Não há cores. Verde, por exemplo, não é verde, mas a combinação do branco (que não é branco), amarelo (que não é amarelo) e azul (que não é azul).

— Não nos baralha, wé!

— Eu já queria dizer isso também. "Vi" vertigens só. Mas também há homens nabos, sabem?

— Nem me diga. O que é que ele pensa? Que ela apanha aquela comida de borla?

— De graça é que não é.

— De graça? Então cidade dele não é Nampula!

— Achas que se mete com outros? Ou endivida-se nos agiotas?

— E porque não as duas coisas juntas?

— Eish! Quer dizer, ela ali toda formidável e bem vestida e tomando leite todas as santas manhãs e ao fim ao acabo entrega a alma ao diabo?

— Deixemos. Até o Celestino, aquele sem cara, já *lhe coisou* por causa de celeste. Bastou só assobiar-lhe que ela foi como um metal vai ao íman. Dizem que "o dinheiro nivela todas as desigualdades." Assim o Celestino é celestial!

— E porquê não separam? Deixemos sim. É caso para dizer: no amor também reside o ódio.

Esse tipo de conversa continuava nessa e noutra ordem, conforme o caso de estudo. E os dias, os meses, senão mesmo os anos, passavam despercebidamente.

È importante deixar ficar para os senhores que, no que tange aos negociantes de Nampula, sobre eles, não temos muita coisa a dizer. Toda a gente, inclusive o bebé que acaba de nascer, sabe que eles, os negociantes, viciam as balanças para terem mais lucro.

— Esta batata, pouca assim, compraste a menos preço e desviaste o resto do dinheiro, não é?

— Mamã, eu juro que foram exactamente seis quilos, juro pela alma *davó* — assim se defendia a vítima dos negociantes das balanças viciadas.

Os estivadores eram maleáveis na aplicação de seus preços. "Ei, patrão, não sabia que este saco pesava muito assim. Acho melhor aumentar mais dez meticais, só. Bairro da Zona Verde fica distante, patrão. E, como o patrão pode ver, com os seus próprios olhos, a lama suja-me a alma". Se fazia sol, mudavam o teor: "o sol queima-me os pés nus. Tenha dó! Sou órfão e cuido de mais três irmãozinhos! Aumente vinte meticais só, patrão! O patrão não perde nada com isso. Pelo contrário. Deus o recompensará." A maioria destes estivadores eram miúdos desmazelados, com cheiro a fome. Não possuíam trajes condignos, quando muito, usavam calções largos, vulgo "rotopela", sem cuecas, o que fazia com que os seus órgãos sexuais baloiçassem e chamassem a atenção das mulherzinhas taradas e curiosas;

As sentinelas das cadeias extorquiam o cidadão, na condição deste poder visitar o seu familiar que estava encarcerado; a polícia sabia mais pedir-nos o bilhete de identidade do que neutralizar os marginais e estrangeiros que delapidavam as nossas minas de ouro; os enfermeiros sabotavam os doentes. Desviavam o material hospitalar, o qual vendiam em dumbanengues para os "revendedores" não autorizados; os professores, estes, quando o aluno dispusesse de riqueza, era objecto de burlas; quando a aluna fosse bonita, objecto sexual.

— Ah!

Quantos deles não contraíram o matrimónio com as suas próprias alunas?

À tarde, para ser exacto, lá para as quinze horas e miúdos minutos, a maioria das pessoas regressava dos seus postos de trabalho. Em casa aguardavam os seus filhos, ansiosamente, pela Boa Nova: se haveria refeição logo à noite. De contrário, dormia-se sem comer, alimentando, desse modo, o estômago, com pensamentos de comida.

Assim vivia o homem comum no nosso Nampula, onde o custo de vida era maior que o salário que se auferia ou o biscate que se conferia; e porque esse salário só aparecia ao fim do mês, então, tinha de se procurar outros caminhos que

20

levassem para o túmulo! Nosso Nampula: onde a pobreza dormia e o seu cheiro espargia.

Havia também, em Nampula, quem se ocupasse a fazer cortesias nocturnas, ajudando-nos a tirar das nossas casotas, o que com muito sacrifício púnhamos durante o dia. A esses "ajudantes", quando fossem apanhados, que muitas das vezes era por roubar um simples machado, cortavam-se-lhes os dedos ou os braços com esse mesmo machado, como forma de os impedir de reiniciar as suas funções.

— *Patrão, eu juro não vou voltar a roubar.* Uh!, uh!, uh!

— Chitão! Chitão, caralho!

— Cortem os dedos do gajo!

— *Deusculpa!* Não volto mais a…. aiiiii!

— Mentiroso…. Cortem-lhe mais.

— O polegar! O polegar!

— Ai!

— Ladrão não sente dor.

Havia quem também se supunha de Michael Jackson, bastasse que para isso tivesse fatos brilhantes, conseguidos na calamidade do mercado da Cavalaria, e nos atazanava com estilos que faziam um morto cair de rir. À noite, esses *Michael Jacksons* dormiam na esteira, na sala. Era-lhes *saltado…*

Argh! Mimetismo!

Havia quem xingasse a vizinha porque ela não conseguiu obter a capulana alusiva à comemoração de uma data gaudiosa; e havia quem, por temer passar vergonha diante das vizinhas abençoadas, terminava a sua vida porque o marido, pobretão que era, não lhe havia comprado essa tal capulana alusiva à comemoração de uma data gaudiosa...

Todavia, não eram só os pobres e a pobreza o que tínhamos. Ali, também havia os glorificados, os que nada deviam a Deus, como algures aflorámos; os que comiam quase todos os dias, desde o mata-bicho ao jantar.

Na verdade, este círculo todo de *não-vida*, enfraquecia o nosso corpo e fazia-nos sucumbir antes da nossa hora! E foi nessas condições que viveu o velho Muquissince: que morreu sem ver a sua pensão de reforma *sair* e deixou uma viúva e dois filhos, nas mãos do mundo!

II

NUM BOM DIA, DEPOIS DOS QUARENTA dias da morte do esposo, Carolina enfiara-se na má vida. Voltava para casa embriagada, a passos incertos, cheirando a sexo. Deitava na esteira o seu corpo, já cansado, sem sequer o cobrir.

E os mosquitos agradeciam!

Dizem que a "comiam", como que de propósito, sem nenhuma remuneração. Vivia como se não tivesse dois filhos por cuidar. Nutria, por eles, um sentimento que desconhecemos. Viajava bastante sem deixar dinheiro para as crianças e agia como se isso fosse coisa normal. Mas, elas, as crianças, conseguiam nos vizinhos bonzinhos, o pouco do que restava na mesa. E, quando se lhes desse algo para cozinhar, apanhavam cascas de coco e cafulo (porque o carvão vegetal era caro), que usavam como lenha. A casa não tinha mínimas condições para morar. Era como muitas outras: de pau-a-pique, maticada a matope, coberta de capim e plástico rasgado que permitia que as águas das chuvas regassem o pouco que dentro existia.

Dormiam no chão, literalmente falando. E o cobertor era a mesma capulana que usavam ao raiar do sol.

Pilavam farelo para dali extrair o pó para fazer a *xima*. Viviam uma vida de cão!

Leopoldina, a filha mais velha, interrompera os seus estudos na quinta classe. Começara a entender as coisas e, graças a esse "entendimento", já cuidava do seu irmão, o Talakune. A vida foi melhorando, entretanto, a mãe deles continuava a não parar de cambalear, até que, certo dia, por causa do seu ofício, acabou comprando uma passagem para ver o seu esposo. Não se viram lágrimas nos olhos dos meninos. Nem nos da Leopoldina, nem nos do Talakune. Sete anos depois, Leopoldina viria também a perecer, com apenas dezanove anos de idade. Teria sido atacada e violada sexualmente, por gatunos que queriam um telefone celular. Correram rumores de que a malograda conhecia os *madjubas3*, daí que eles resolveram apagar a vida dela, como forma de, também, apagar o seu testemunho contra qualquer tentativa de denúncia. Dizem que alguns vizinhos lhe fizeram homenagem, embebedando-se em nome dela, na Khangala, para reconhecer-lhe o esforço de criar o irmão, que agora estava na casa dos padres, no mosteiro.

— Fez muito ela pelo irmão.

— Era uma boa pessoa, embora fosse prostituta.

Sentenciavam eles, com uma certeza indubitável enquanto empurravam a caneca de *cabanga* para a boca, para a garganta. Os outros, na sua maioria senhoras vendedeiras daquela Khangala, contestavam o elogio:

— Para mim ela mereceu o destino da mãe.

---

3 Marginais

— Para mim também, Namainês.

— Velhas invejosas. Têm-lhe inveja porque ela é bonita e jovem.

— Era. Ah! ah! ah! Já não vive mais.

Diziam isso como se elas fossem imortais.

— Assim ficaremos, felizmente, sem desconfiar dos nossos maridos.

— Verdade, amiga. Ela piorava.

— Piorar é favor. Arre! Dar-nos cabeçadas só porque tinha *aquilo* mais fresco que nosso?

— Ah, até porque a morte dança quando morre essa gente jovem!

— Bardamerda, bardamerda, bardamerda!

— Quem é aquela gente que vive naquela casa agora? Tias da Leopoldina? Hum! Mas a Carolina não tinha irmã, que eu saiba. O Muquissince nunca trouxe os familiares ali.

— Dizem que ele era um espúrio.

— Assim o Talakune parou na rua? O quê? Convento? Eh! Eh! Eh! Então ele será a 'comida' de padres!?

Assim zombavam elas com gracejos vulgares e alegria indescritível.

Do bairro, o Talakune passou a morar no Seminário Maior, no seminário Santo Agostinho da Matola, e depois, São Pio X, Itália, Portugal... até se doutorar!

Parece-nos que o mundo o amparara!

TALAKUNE

III

FAZER MAIS DESCRIÇÕES, da juventude do nosso personagem principal e do resto das pessoas e lugares era o que estava reservado para este capítulo. Pois, isso enriqueceria a história. Também consideramos que poderíamos ter apostado mais no seu desenvolvimento interior, mas fazer isso requereria um trabalho muito enorme, próprio de narradores de grande quilate. Enfim, estamos cientes que o texto só teria a ganhar se explorássemos esses aspectos em mais momentos, não apenas nestes breves relatos. Paciência! Até porque seria intromissão demais cavar a vida do nosso personagem. Não acham?

Voltemos, então, ao que interessa.

IV

ASEGUINTE CONVERSA passa-se diante da casa da Ferida, em Napipine. Ferida tinha feito brunhol e convidado as amigas para um bate-papo próprio de mulheres macuas. Vários foram os assuntos por elas discutidos. Entretanto, aqui interessa-nos trazer ao leitor o que achamos que foi mais aceso.

ZARINA:

— Casei-me virgem. Muito cedo. Aos treze anos de idade. O meu ex-marido era mulherengo e machista de marca maior. De princípio, não queria que eu trabalhasse ou voltasse a estudar. Dizia ele: "se tu estudares irás ultrapassar-me o nível e, por conseguinte, subir-me à cabeça!". E minha família, burra que é, lhe apoiava, aliás, foi por causa deles que me casei prematuramente — para lhes ajudar nas despesas da casa ou lhes aliviar do sofrimento. Eu era criança e não tinha como repudiá-los. Vocês sabem a maneira como a pessoa é criada numa tradição muçulmana. Enfim...!

Ele é técnico de medicina do hospital e, por essa razão, inventava tarefas: ora estava de plantão, ora eram chamadas de emergência, enfim, desculpas não lhe acabavam. Não dormia em casa, alegando estar sempre a trabalhar. Vezes eram em que ficava quarenta e oito horas de "plantão". Por fim, através de vizinhos, que me olhavam com desdém e mandavam indirectas, ouvi zunzuns e passei a desconfiar do meu parceiro. Era normal eu, a passar, ao voltar do mercado, ouvir palavrões como: "Há quem se contenta com carapau quando, às outras, é a carne de vaca que se lhes compra. Eia! *Lá-lá-lá-lá, mi, cahala othêyá4...*". Eu vinha engolindo essas palavras-flechas até que, um dia, decidi bisbilhotar, enquanto ele dormia, no seu celular.

E confirmei.

Ele tinha outra. Aliás, tinha outras...

Houve dias em que ele esteve doente e ficou internado no "quarto especial" do Hospital Central. Quando fui lhe visitar, encontrei *mahapas* na mesinha, ou seja, comida feita por amantes dele. No dia seguinte, esbarrei na porta com a dona das *mahapas*. Senti-me apunhalada na parte interna esquerda do meu peito! Quando teve alta, ao invés de ir para a nossa casa, foi morar com ela, a dona das *mahapas*. Descobri muito tarde isto tudo: que até eles tinham um filho juntos! Retirei a minha *equipa* do campo quando, dois meses mais tarde, ele foi encontrado com a mulher do vizinho dentro de casa. Perseguiram-lhe, à catana, na Rua Sem Saída, mas conseguira dela sair. Escapara. Corria nuamente. Atabalhoado. Os que o viram, juram, de pés juntos, que os calcanhares dele batiam na nuca, por aflição! Dizem que gritavam de todos os lados: "Agarrem o fodilhão, agarrem o fodilhão!"

---

4 Expressão macua que as mulheres usam para se rir da desgraça alheia: "eu quase me ria"

FERIDA:

— Aié? Ah! ah! ah! ah! ah! Eish, amiga, permita-me rir. Ih! ih! ih! ih! ih! Correr nu?

ZARINA:

— Verdade verdadeira.

FERIDA:

— Mas homens! Olha pra ti, amiga: com sobrancelhas próprias, olhinhos pequenos e cativantes, lábios fofinhos como um pedacinho de algodão doce e um nariz enfeitado de ekarawô5. Tu, com essas propriedades todas, mas ele preferiu ir buscar fora o que tinha dentro de casa?

ZARINA:

— Estás a ver? É inexplicável. Enfim...! Tinha uma outra senhora que nos visitava. O meu esposo me havia apresentado ela como sendo sua prima. E eu a tratava por cunhada. Para azar deles, ou meu, vi troca de mensagens. Tratavam-se por "amor" e faziam marcações de encontros obscuros. O cúmulo, comentavam como as coisas foram boas, a parte do corpo onde haviam gostado de se tocar e o que deveriam fazer doravante, para superar as anteriores quecas. Enfim, fizeram-me de parva. Foi daí que preferi ficar

---

5 *Piercing*

só do que mal-acompanhada. Os meus filhos crio-os sozinha, claro, com ajuda dos titios que comem a "maçã" da mãe deles. Nem um tostão do pai conhecem; e eu pouco me lixo com isso. Quando crescerem, privar-lhes-ei do direito de saberem que o pai deles vive. Até porque, para mim, ele está morto e bem enterrado.

[Zarina parou de falar. Ficaram em silêncio por cinco minutos, cada uma ruminando no que lhe convinha ruminar. É-nos difícil descrever o que cada uma delas pensava. Ainda bem que a Nárcia avançara com o seu depoimento porque já não sabíamos o que fazer...]

NÁRCIA:

— Com o meu esposo fizemos três filhos. A primogénita, quando cada um de nós vivia na casa de seus pais. E os outros dois, na nossa casa. Ele me traía com uma colega dele. E a minha sogra tinha conhecimento disso. A moça comprava capulanas para ela. Oferecia-lhe presentes, para ser sucinta, a minha rival fazia o que eu não fazia. Ainda me lembro, ah, bem me lembro, eu estava com, por aí, quatro meses de gestação quando isso tudo começou.

Um dia, voltando eu da faculdade, passei na casa da mãe dele. Quando cheguei, a porta do quarto estava encostada e os dois estavam lá. "O que está a acontecer aqui?" Inquiri, ao que me replicou que a mocinha estava ali porque queria pedir por emprestado um livro. Não fiz confusão. Saí e fui-me embora.

Três meses depois, era sétimo mês de gravidez, repetiu-se a mesma situação. Não me controlei e enxotei a mocinha do quarto; arrastei-a até ao pátio, onde peguei no bule que estava no fogão; ah, não fosse ela um fugão...!

Eles iam-se encontrando, mesmo assim, às escondidas.

Por fim, o meu bebé nasceu. Primeira sorte dele e, bom, eu tinha um de *fora*. Vocês acreditam que quem deu nome ao bebé foi a mesma mocinha, a amante dele? Quando descobri fiquei sem chão, senti-me em baixo, senti-me um nada.

Estava a gozar a licença de parto, mas nem por isso deixei de ir à faculdade. Certo dia, eu regressava da biblioteca, passei por uma esquina, ali em Napipine, e encontrei os dois, num bar, a beberem. Ele que não deixava *caril* em casa, com pretexto de atraso de salário, ali, numa boa, a pretender-se endinheirado!

Parei.

Fiquei dois minutos a reparar-lhes. Tremia de nervos, mas depois aproximei-lhes, que até hoje nem sei como movi os pés:

— Por que fazes isto?

— "Fazer isto", o quê? A quem?

—Você aqui num "bem-bom" e nossos filhos a minguarem?

— Nossos filhos? Reconheço apenas uma filha. Esse outro *aí* que procure o pai.

— Tudo bem. Tens uma filha comigo e gastas dinheiro em

bares, com vadias?

— O dinheiro é meu. Ouviu bem? O dinheiro é muito meu. Sim, gasto-o com "vadias", e daí? Por acaso a senhora me ajuda a trabalhar? Estou aqui para comer, ouviste bem? Até porque *este* sítio confecciona boa comida, melhor que aquelas "coisas" sem sabor que a senhora me faz em casa...

Saí. Envergonhada. Juro-vos que não acrescentei e nem retirei palavras. Estava muito chocada e chorava pelo caminho, embora soubesse que ele não merecia as minhas lágrimas. Num outro dia, ele apareceu todo ébrio, eu peguei no celular dele e vi a conversa entre ele e a amante:

"Havias me dito que irias deixar a tua mulher, logo que ela tivesse bebé, mas até agora não a deixas. É melhor ficar com ela e, por favor, me esquece."

"Não faz isso, meu amor. Você sabe que é a ti que eu amo. O que me importa mesmo nela é a minha filha. Eu já decidi que é com você que quero ficar, ainda que espiritualmente. Esqueça o lugar onde o meu corpo dorme, amor!"

"Esquecer o quê... Como? Não venha com essa ladainha."

"Ladainha? Nada disso, meu amor. Chegaste de ler aquele livro que te emprestei?"

"Que livro?"

"Pensamentos, de Blaise Pascal. Ele diz, aí nesse livro que "o coração tem razões que a própria razão desconhece", meu amor. Acho que Pascal falava justamente da minha situação. Sabes, Casimira, eu cresci

sem pai... E não quero essa sorte para a minha filha. Estou com ela, a minha amante, só por causa da minha filha, mas é a ti, minha esposa, que eu amo. Por favor, que entenda a tua razão, a razão do meu coração!"

"Deixa-me pensar nisso..."

Naquela noite não apanhei sono.

No dia seguinte, quando lhe questionei, ficou em silêncio, sem nada para responder. E continuou a empurrar a sua relação com a sua amante, ou melhor, com a sua esposa, segundo ele. E eu que era sua amante já estava grávida pela segunda vez (terceira, com o filho de *fora*).

Embora nessa altura ele estivesse separado da Casimira, tinha uma outra dama. Uma mulata. E troçava de mim: "vou fazer filhos mulatos..."

Na faculdade, eu tive um colega que gostava muito de mim. Nunca o namorei, muito embora ele tenha me conquistado inúmeras vezes. A madrasta do meu "amante" estudava connosco. Via todos os movimentos daquele senhor que não conseguia esconder os seus sentimentos por mim. Ele pagava-me o lanche, as cópias dos artigos, e até as propinas ele pagava. Tinha muito dinheiro e carros...

FERIDA:

— Hum! Amiga, não nos faça de parvas. Que mulher neste nosso Nampula não cairia numa tentação dessas?

NÁRCIA:

— Palavra! Era um senhor casado....

Está bem. Mas você, Ferida, como aperta na ferida dos outros! Vou vos confessar: meti-me com ele. Eh! eh! eh! eh! Ah, como ele fazia-me tão bem! Uma pena que... Não me importaria de me tornar numa poliandra.

Enfim, já com um mês de gravidez, a madrasta do meu esposo contou-lhe sobre o colega rico e, como *solução*, separamo-nos. Acusavam-me de ter engravidado do colega rico. Ali estava eu: grávida, estudante e abandonada.

"Dou-te o dinheiro que quiseres para fazeres o aborto. Não quero que me acuses de ter te deixado com uma *bagagem*, se achas que essa gravidez é minha. Mas eu sei que ela não é minha." Dizia ele.

Não abortei.

Por que eu abortaria? Filhos são o nosso brilho, amigas. Filhos são o nosso lastro, o nosso astro. Uma mãe não deve ter inveja dos filhos. Abortar um filho é ter-lhe inveja de viver! Uma mãe não deve querer ser "os filhos" ou ter o que é deles. Uma mãe deve ter nojo e inveja do mundo: que a seus filhos (des)amparará quando ela já não mais cá estiver. Os filhos são o fruto doce e amargo: fruto que os activos querem comer; fruto que os passivos querem temer. Desde que tive os meus filhos, o meu corpo tornou-se num...., ah, vocês!, o meu corpo tornou-se num tecido escocês.

Melhor parar...

[Mas não. Nárcia não parou.]

Os meses foram passando... E o bebé nasceu grande, com bons quilos e, acima de tudo, saudável. E ele, cara sem-vergonha, veio ao hospital e pediu para pegar no recém-nascido. Criança que ele quisera abortar, já agora quer-lhe em suas mãos! E só para ver a forma como Deus insulta, o bebé tinha a fisionomia do choné; as suas aparências, para ser clara, o bebé era feio como ele! Graças à genética de Mendel, dois meses depois, a madrasta do choné pediu desculpas e reatámos.

Corriam rumores que ele abandonara a mulata porque ela era muito exigente: era chique, andava em boates, queria sempre sair para jantares caros e, ele, que é cacata, já não aguentava com a pedalada.

Se escapuliu!

Nove meses depois da nossa reconciliação, passou a namorar com uma outra moça, desta vez, uma vendedeira do bar. Eles encontravam-se lá no bar, onde ele bebia. Eu, sempre caseira, cuidando sozinha os nossos filhos. Os vizinhos viam ele com ela, sempre juntos, mas nunca me falavam. Ele quase *vivia* naquele bar. Bastava largar do serviço, ia diretamente para lá. Quem me desperta a atenção é o pai do meu primeiro filho. Estranho, não é? Mas essa é a verdade verdadeira! Não nos falávamos há anos, mas, naquele dia, ele ligou para mim e me disse que precisava, urgentemente, de falar comigo. Eu, assustada, perguntei o que teria acontecido. Ele disse que não poderia falar ao telefone, que tinha de ser *cara a cara.* Fiquei tão curiosa que resolvi ir ao seu encontro imediatamente. O que ele me perguntou foi: "Tu estás bem com o teu marido?" Retorqui em tom meio arrogante que sim e que a minha vida não lhe dizia o respeito, embora, no fundo, eu soubesse que nada estava bem entre eu e o meu marido. "Conheces a fulana?" Insistiu ele, ao que respondi que sim, que a conhecia. "Teu marido namora com ela. E estão todo o momento juntos. Até se esfregam no bar de qualquer maneira, às vistas de todo o mundo. Se quiseres ter prova disso, vá ao sítio, hoje, pelas dezoito horas... Estás muito magra, porquê? Este não é o teu corpo. Você não é feliz."

Fiquei calada, não tinha palavras. Como poderia eu dizer que estava feliz se ele enxergava a tristeza nos meus olhos? Entreguei-lhe as *partes* como forma de lhe mostrar a minha gratidão pela informação e fui para casa.

FERIDA:

— Deste as *partes* ao teu ex-marido?

NÁRCIA:

— Dei-lhe, sim. Ele conhece o meu ponto fraco, Ferida. Abraçara-me e me beijara no pescoço. Fiquei arrepiada e as antenas dos *países baixos* subiram. Entreguei-me, sem reservas, a seu prazer! Mas também eu precisava de uma boa *pica.* Há muito que o meu marido não me tocava, mesmo depois da cicatrização.

Na mesma noite, peguei no táxi e fui para o local indicado. Quando cheguei, encontrei a moça e ele, de banda. Não consegui me conter. Insultei a ela. E ela, a mim, também insultou. Discutimos forte e feio. Mas, para o meu azar, o meu marido estava do lado dela. Soltei algumas palavras sem querer:

"Você deixa uma licenciada em casa para vir pegar lixo, uma vendedeira do bar? Sabe com quantos homens, ela dorme, por dia?"

Naquele dia perdi a cabeça. Deixei de pensar como uma académica. Quem sabe se na cama ela era "académica"? Quem sabe? Se calhar!

ZARINA:

— Mas, amiga, já experimentaste usar-lhe missangas?

NÁRCIA:

— Já. Não adianta nada, amiga. Compro todo o tipo de missangas, até aquele tipo que brilha no escuro.

ZARINA:

— E tens as "antenas" bem puxadas?

NÁRCIA:

— Tenho. Tenho *mathunas*6 até com bacela. Modéstia à parte, amiga, eu me garanto! Deixe-me continuar...

---

6 Ninfas.

Ele simplesmente pediu desculpas àquela moça e aos donos do bar, pelo meu comportamento, por eu ter-lhes estragado o ambiente. Ligou para a minha tia a dizer que eu o envergonhara, e que a decisão dele era devolver-me à casa dos meus pais, ou melhor, à casa da minha mãe. Meus pais já estão separados...

Retirei-me do local e peguei táxi de volta para casa, envergonhada. Ele continuou lá, acredito, à espera que o bar fechasse para dar boleia à sua amante para casa, no carro que suámos juntos, para ser comprado. Pelo caminho, abri o telemóvel dele, pois, eu lhe havia arrancado. Vi fotos e vídeos deles. Aos beijos. Apaixonadamente abraçados. E a fazer para *aquela* vendedeira coisas que ele nunca tinha feito para mim na cama. Vocês vão me acusar de fazer depoimentos promíscuos, mas que tenho eu a ver com as vossas convicções? Convenhamos, há que dar às coisas os seus próprios nomes. Palavras envernizadas com a Nárcia, não. Que procurem outra pessoa.

Doeu-me a cabeça naquela noite. Ele havia desaprendido a me amar. Havia esquecido das promessas que me fizera, quando me conheceu:

Pediram-me um tostão de felicidade por tua conta, ó deidade!

A Nárcia do meu entendimento e sentimento —semeados com condimentos.

Mulher bela e tela,

Simpática e singela,

Inimiga de todo o engano que provoque dano: ao seu coração, que (só) reza razão!

Ele desaprendeu estas palavras. Mordeu na sua própria língua! De hoje em diante, o homem que me vier jurar amores lhe entorno água quente e lhe ponho na míngua. O amor para mim é como uma parede coberta à cal viva — sempre está disposta a morrer! Não acham? Não vos parece?

[mas ninguém lhe respondeu].

Ele perdeu interesse em mim. Muito notável. Só para verem: ele que antes fazia necessidades maiores às escondidas — com vergonha que eu soubesse que ele caga — hoje faz e não puxa o autoclismo! Tudo se tornou num inferno para mim. Só ouço as pessoas: "A fulana tal estava no teu carro com o teu marido..." Já até apanhei uma calcinha esquecida. "Teu marido está toda hora com aquela moça". Desejava nada ouvir. Ser surda. Mas, sabia que as pessoas simplesmente faziam o seu dever: se apiedar de um ser miserável.

Foi a partir daí que jurei nunca mais jorrar lágrimas para aquele choné. Ele não é digno de merecer o meu amor. Entretanto, porque tenho medo que me chamem de solteira, ainda continuo com ele, engolindo tudo isso. Mas eu o trato como amante. Afinal, foi assim que ele mesmo me chamou. Pois é! Ele agora é um amante. Esposos, esses, eu tenho lá fora, no Facebook, onde envio e me enviam *as partes*, quando ele está na bebedeira ou mesmo na cama, a meu lado! Eh! eh! eh!, é isso mesmo, digamos que tenho cerca de muitos esposos e talvez um amante!

ZARINA:

— Assim eu, que sou solteira, devo ter medo que se me chame coisas, é isso?

NÁRCIA:

— Eu não disse isso, amiga. Sabes muito bem o que eu quis dizer... Nesta nossa sociedade, se és solteira, automaticamente, és vista com maus olhos; as casadas, te desconfiam..., mas se és casada, podes usar o casamento de guarda-chuva, percebes? O casamento é o artefacto que cobre as nossas anomalias...

CADÉLIA:

— Tem razão nesse ponto, a Nárcia. Bom, então eu não vos conto o meu filme, amigas. O meu marido procurou-me para pedir desculpas e disse que tudo o que ele fez, fizera por indução da sua irmã. Caso vocês não saibam, ele me abandonou depois que tive aquele acidente que danificou, totalmente, a minha fisionomia. A fisionomia pela qual um dia ele se apaixonara.

ZARINA:

— Eu lembro desse acidente e te devo muitas desculpas...

CADÉLIA:

— Desculpas de quê, Zarina?

ZARINA:

— Meu irmão. Aquele a quem ajudaste a conseguir uma vaga no Ministério da Saúde.

CADÉLIA:

— Ah, deixa disso! Deve ser porque ele não tem tempo. Não te preocupes, amiga.

ZARINA:

Falta de tempo uma ova. Envergonho-me, por ele. Só queria que soubesses que nada tenho a ver com a atitude desse ingrato...

NÁRCIA:

— Do que é que estão a falar agora? Estamos a ficar de fora, nós...

CADÉLIA:

— A Zarina fala do irmão dela que eu mesma ajudei a *lhe* encontrar, na Direção da Cidade, alguém que ele pudesse subornar para ter uma vaga. Ele hoje é enfermeiro, mas nunca veio a me agradecer. Pior, quando tive o acidente, fiquei internada, e a Zarina, que nessa altura estava no Maputo, pediu ao irmão que viesse me visitar, mas ele não compareceu. Ele que trabalha no mesmo Centro de Saúde onde fiquei internada. Enfim, coisas da vida. Digamos que a minha piedade me trucidou. Eh! eh! eh!

NÁRCIA:

— Puxa! Quanta ingratidão!

CADÉLIA:

— Enfim, para mim acabou. Na hora de ajuda, as pessoas até fazem grandes juras..., mas, depois, elas pensam que retribuir é a tarefa mais árdua. Enfim, como eu disse, para mim acabou.

ZARINA:

— Eu só queria que soubesses que eu não compactuo com o comportamento do meu irmão. Sinto muito em ter-te metido naquilo tudo.

CADÉLIA:

— Ah, deixa para lá! Fi-lo por ti e não por ele.

ZARINA:

— Tudo bem. Ali em casa até a mamã *lhe chora*. Ele até ajuda pessoas de fora, pessoas que, amanhã não lhe vão servir em nada, nem sequer lançar-lhe três grãozinhos de areia no túmulo ou lhe trazer flores. Vocês acreditam que ele, às vezes, vem na casa da mamã e fica sem tirar um tostão para comida? Mas, em contrapartida, compra hambúrguer que come, às escondidas, no quarto, com a sua namorada. Proíbe as crianças, principalmente aos meus filhos, de pegar no remoto controlo, por ser ele quem paga a conta da DSTV. Aliás, não tem o receio em pagar DSTV, como se as pessoas se alimentassem de programas televisivos. Xinga-me, por eu ser uma divorciada. Semana passada, ele esteve de férias, aliás, ele ainda está de férias, mas, disse para a velhota que voltava ao serviço, tudo para fugir de nos alimentar. Entretanto, como o Facebook não mente, meu irmão mais novo viu fotos dele junto da noiva a curtir na Ilha de Moçambique. O que dali se infere que ele também estava na Ilha de Moçambique. Ah, como ele era calmo! Mamã insultava a nós todos quando éramos pequeninos, menos a ele: era o cordeiro... bastou licenciar, eh! eh! eh!, revestiu-se de lobo! Quando lhe queremos fazer ver o quanto ela estava errada no seu prognóstico, a velhota retorque: "Não foi por minha culpa que a fera a que dei alimentação me faz hoje de sua presa. Soubessem vocês o que passei por vocês. Hoje sou seropositiva, mas foi tentando vos criar que acabei assim."

NÁRCIA:

— Sua mãe, é....?

ZARINA:

— É sim. E meu irmão não come no prato que ela come. Mas ela não apanhou a doença por via sexual. Conheço todos os podres da minha mãe, ela confidencia-me tudo, sabem como é, sou a única mulher. Ela contou-me a versão dela, e eu acredito.

NÁRCIA:

— Que versão? Como foi que a velha se contaminou?

ZARINA:

— No serviço. A minha mãe, como sabem, é também enfermeira. Enquanto ela fazia transfusão de sangue, o paciente, trémulo, deu sacudidelas que resultaram... epá. Atchim! Desculpem. A situação dela me entristece...

NÁRCIA:

— E o ministério, vela por ela? Isso é acidente de trabalho...

ZARINA:

— Oh, Nárcia, em que país vives tu? É Moçambique, isto, amiga. Achas mesmo que iam acreditar na versão dela? Ainda que acreditassem, duvido que... enfim, infelizmente é tanta gente neste país com semelhante situação, só mudam os casos: enfermeiros infetando-se por falta de equipamentos de proteção; maquinistas entalando dedos ou braços até à amputação, por falta de manutenção; professores com rinite. Estamos entregues!

CADÉLIA:

— Está bem. Fechem os parênteses que eu quero terminar de contar a minha história. Bem, dizia-vos eu que o meu marido me procurou para pedir *desculpas*... e, como forma de se desculpar, ele disse-me que eu deveria ficar com o seu cartão do banco, num período de três meses; e que deveríamos arrendar uma casa na qual viveríamos juntos. Do princípio, neguei a proposta, mas, depois, aceitei. Contudo, a irmã dele não gostou da ideia, pois, não queria vê-lo comigo; não queria que o irmão fosse visto com uma desfigurada. Na verdade, tudo aquilo era porque o Faduco namorava com uma amiga dela: uma senhora casada, e que o marido está num desses países do velho continente, a fazer o doutoramento. Aceitei a proposta do Faduco somente para chatear a irmã. Ela, carrancuda, pediu ao irmão que fizesse uma escolha entre eu e ela. E eu fui a escolhida. Eh! eh! eh! E, porque a *senhora com marido no estrangeiro* não parava de me chatear, fui fuxicar o Facebook dela, onde descobri quem é (era) o marido. Criei uma conta falsa e contei-lhe tudo.

Foi dali que começou a guerra.

Dizem que ele não é um qualquer. É cheio de *mola* e de conexões com bandidos. Nas suas investigações, ele chegou a descobrir que a esposa estava no espetáculo com Faduco. E mais, ele quis separação e mandou homens da PIC (polícia de investigação criminal) para correr atrás do Faduco. Assim, a *senhora com marido no estrangeiro* foi para a Europa, pedir desculpas. Eh! eh! eh! "Desculpas", arre! Disse-me que é (era) rica e que o Faduco, gigolô que é, ficará com ela. Mas, enfim... Só rezo que tudo acabe bem. Me arrependo por tê-los queixado. É que me sinto um lixo, amigas, quando me tratam mal. Sou Cadélia, sim, mas não admito que me tomem como uma cadela!

FERIDA:

— Te arrependes? Eh! eh! eh! Eu nem me arrependeria. Olha, a minha história não é muito diferente da tua, Cadélia. Somos três pessoas, quatro, com o empregado. Há dias, o empregado viajou para passar as festas com a família. Ficámos três: eu, meu esposo e a prima dele. (Mas, era o que eu previa quando eu vim aqui). A prima do meu marido acorda às onze horas. Adivinhem quem faz a limpeza, lava loiça, a casa de banho, enche a água e faz o almoço. Eu mesma. Neste estado em que me encontro. E quando o empregado está aqui, a pessoa só precisa orientar as coisas, mas ela faz gritarias e até manda indirectas. Irrito-me porque eu faço as coisas sem ter de gritar, muito menos, reclamar. Excepto agora. A cada dia que passa, ela traz diferentes homens, porém, eu nunca falei nada para o primo dela. Só resta-me saber se esses amantes sabem que ela mija na cama! Eh! eh! eh!, eia!

Num profano dia, ela disse que a geleira tinha lixo porque continha comida do dia anterior que eu havia guardado. Quando num outro dia restou comida e eu simplesmente desleixei, ela ralhou: "assim já deixam apodrecer comida, não a conservam porque estão à espera que eu faça", quando quem sempre coloca comida na geleira sou eu, mas ela diz que meto lixo na geleira. E meu marido vê tudo isso, mas fala peva. Eu penso que combinou com a prima... ah, combinaram! Só podem. Querem que eu me zangue e me retire daqui, mas aí é que eles se enganam.

Enfim...

Hoje, cedo, eu não queria sair da cama. Faziam três dias que estava naquela posição. Como podem vocês mesmas ver, estou grávida, mas, não como, nem bebo...Vivia com a minha mãe e minha filha, mas mudei-me para morar com o "meu" esposo. Minha mãe é solteira, sempre foi solteira; não conheci o meu pai e nem sequer conheço a sua família. Ele faleceu antes do meu nascimento, num acidente de comboio, em Cuamba. Não sei onde foi enterrado, só sei que ele está numa cova qualquer, onde repousa, acomodadamente, sozinho ou com sei lá mais quem. Minha mãe ouviu muitas bocas, pois, o meu pai, era, na verdade, o cunhado dela. Minha tia, minha avó e todo o resto da família, não falam com a minha mãe. Oh, lembrei-me agora! Disse-vos que a minha mãe foi sempre solteira, não é? Quase que vos mentia. Tive um padrasto. Um senhor que, na verdade, era casado com uma outra senhora, mas dava-nos toda a assistência. Era muito carinhoso. "Fez por mim o que nem sempre faria um pai de sangue." Eu e ele dávamo-nos muito bem. Resumindo, tratava-me bem. Não é em vão que tenha sido ele quem me ensinou, aos nove anos de idade, a fazer coisas de adultos. Mas essa é uma verdade que a minha mãe nunca saberá. Ah, nunca! Nunca mesmo!

Minha mãe vendia *cabanga7* para o nosso sustento, desde a comida a cadernos. Nunca me faltou nada. Mas precisam ver que quem cabanga vende, a si próprio também corre o risco de vender. Nessa vertente, também minha mãe tinha muitos "esposos". Pessoas que lhe ajudavam a nos ajudar.

---

7 Bebida alcoólica feita à base de farelo de milho.

Em dois mil e...., conheci o pai biológico da minha filha. Fiquei grávida e ele deu-me três mil meticais para o aborto. Mas, como eu era muito nova e não sabia nada dessas coisas, acabei indo à casa de uma parteira que colocou uns comprimidos na minha vagina e sangrei por dois dias. Pensei que não mais estivesse grávida... Entretanto, no mês seguinte, conheci o pai de registo da minha filha. Mais tarde tivemos nossos problemas e ele cortou-nos a mesada, mas nunca levei o caso ao tribunal de menores porque, no fundo, eu sei que não tenho razão: a filha que ele pensa que é dele não é dele. Por isso mesmo, nunca o incomodo. Terminei com ele porque bebia muito; e também porque nunca lhe dei motivos para me trair. Em suma, esta gravidez, está-me sendo muito difícil.

CADÉLIA:

— Mas porquê está difícil?

FERIDA:

— Porque eu não estou feliz. Eu não amo o Talakune.

ZARINA:

— Não amas o Talakune? Mas nós, as mulheres! Como aguentas partilhar do mesmo tecto com alguém que não amas?

FERIDA:

— Não o amo. Amo o título académico que ele tem. Entendem? Eu fico importante graças a ele. Longe disso, ele não ajuda que eu o ame. Acreditam que ele me trai?

NÁRCIA:

— Como aguentas isso?

FERIDA:

— Como assim, "como aguento isso"? Quem era aquela, afinal, que nos dava analogia de casamento e guarda-chuva? Estavas a filosofar, apenas, não é? Estou grávida, de quatro meses, esqueceste? Se fossem dois meses eu até poderia *tirar*. Estou com este cafajeste que será o pai do meu filho, mas amo o moço que vive no Maputo. Cada dia que passa, fico triste e, tudo isto, foi inteiramente por culpa minha. Conheci o moço do Maputo em dois mil e..., no dia trinta de Dezembro, quando ele vivia cá. Sabem como é essa coisa de quadra festiva: toda coisa é coisa de toda coisa. De início éramos namorados, mas depois passámos a nos desejar apenas para fornicação. Quando ele foi para Maputo, em dois mil e... fiquei muito triste e passei por muita necessidade financeira. Era o meu primeiro ano da faculdade e eu que recebo seis mil meticais, apenas... A minha filha estava na escolinha... foi daí que decidi fazer muita coisa.

ZARINA:

— Hum, conte-nos tudo, amiga. Atchim! Desculpem, ando muito constipada.... Conte-nos tudo, vá lá. Estamos entre nós, além do facto de que, nós outras, já nos "acabámos" aqui...

FERIDA:

— Essa tua curiosidade, Zarina, ai, ai, ai. Só para teres uma ideia de tamanhas maldades que fiz — Ah! É de admirar que não tenha apanhado sida! — já levei três homens na mesma cama! Estou muito arrependida, não por ter tido três de uma só vez, mas por ter engravidado de um cacata. Nem parece que é professor doutor. Enganei-me redondamente! Com a libertinagem, a minha conta bancária não esvaziava; agora até provoca azia, só está cheia de moscas. Ah! Ah! Ah! Só para verem como a vida desregrada é benevolente! Ontem, fui na casa da minha mãe, e encontrei a minha filha sem *tjampalis!8*.

NÁRCIA:

— Que inveja, amiga... Quer dizer, que sorte a tua ter tido três na mesma cama. O meu sonho é ter dois: um a me fazer *aqui* e outro... Mas, afinal por que é que a tua filha não vive convosco?

FERIDA:

— Ele diz que não pode criar filha que não é dele. O pior é que ele pensa que o pai dela é aquele moço do Maputo, o do registo. E ele tem aversão por *machanganas*. Assim, ele foi a Malema e, ontem à noite, ligou a dizer que vem amanhã para, ainda amanhã mesmo, ir trabalhar no Eráti. Mas eu sei que é mentira. Logo aquele mitomaníaco! Ele nunca avisa quando

_____

8 Chinelos

vem, uma vã tentativa para me flagrar. Por que pés me avisaria hoje?

NÁRCIA:

— Mas joga muito sujo, esse teu esposo.

FERIDA:

— É verdade. Ele acha que eu teria coragem de trazer os meus amantes com a prima dele a viver aqui? Ele tinha me dito que iríamos juntos a Malema, mas, no meu lugar, foi o amigo dele, o Ramalho. Esse Ramalho, convidava-lhe, há dias, para que fossem na casa da ex-mulher do Talakune para irem beber cabanga. "A tua ex-mulher fez cabanga para mim". Eu já me cansei, amigas.

ZARINA:

— Conheço esse papo de *ex*! São sempre "ainda *és*!". Aliás, a Nárcia disse há minutos que entregou as *partes* ao *ex*, melhor, *és*. Mas, falas do Ramalho, esposo da Sandra?

FERIDA:

— Sim. Esse mesmo. Por quê?

ZARINA:

— Eh! Eh! Eh!, ontem eu lhe vi com a Antonieta. Aquela que se faz de ser séria no Facebook. Coitada da Sandra, que vive aí acreditando nas fotos que o Ramalho coloca nas redes sociais clamando-lhe amor. Ai, como a falsidade humana me dá repulsa!

FERIDA:

— Ah! A Antonieta é outra meretriz. E depois ouvi que nem puxou as *lulas9*. *Coisa* dela parece de bebé. Arre! Se tratasse daquelas borbulhas, no mínimo, mas, nada. Logo aqui em Nampula, terra em que o mussiro10 germina. Ah, ela não tem desculpa! Vivia com a tia, irmã da mãe, acreditam que se meteu com marido da tia? Eh! Eh! Eh!, ela e eu somos da mesma laia. Ninguém se ri de outra. Aquele senhor pagava faculdade dela, dava-lhe dinheiro, comprava-lhe rancho, e lhe levava para hotéis luxuosos onde se "moíam". Não era segredo para ninguém. Vocês sabem como em Nampula a fofoca flui como uma cascata. Todos os familiares sabiam, mas nada fizeram. Pelo contrário, ficaram contra aquela senhora, protegendo a Antonieta. Diziam para aquela senhora: *"ale tapani, Florêncio ka na phela, massi ayena anan'kanhererra"*11. Sabem, falavam esses palavrões na frente de todo o mundo, mas hoje fazem fila na casa daquela senhora, para mendigar. São todos improdutivos do raio. Nada fazem para sobreviver. Todos esperam que aquela

---

9 É uma prática característica de mulheres macuas: puxar as lulas ou esticar os lábios menores (*labia minora*), também chamados de ninfas, para criar, acredita-se, mais excitação nos seus parceiros durante o coito.
10 Creme de beleza da mulher macua extraído a partir do arbusto da planta cujo nome científico é *olax dissitiflora.*
11 Quem aquela pensa que é. O Florêncio já não lhe quer, mas ela teima em ficar com ele.

senhora lhes ajude com o pouco que ganha. Fazem-lhe de empregada. Eh! Eh! Eh!, arre! Negavam emprego, naquela altura, diziam que ser polícia era vergonhoso, que não queriam ser *nicawanes12*. Hoje estão aí, a desbravar matas. A sorte da Antonieta é a de que ela sabe fazer uso de *sônê13* dela. Esse *sônê* até lhe faz subir o avião! Na hora "H" ela não tem falação, mas felação. Gosta de se envolver com pessoas adultas, deve ser porque também o pai morreu quando ainda era criança. Dizem existir uma teoria de psicologia que explica bem isso, só não me lembro qual. Ela fala mal das amigas para o meu marido, mas, volta e meia, quer ir a cama com o Ramalho. Essa esposa do Ramalho, de que falas, namorava um moço que agora está no terceiro ano, ali na UP (Universidade Pedagógica). Na altura, o moço estava no nível médio, ela largou-o e voltou para o Ramalho, um tipo que ela havia marimbado. Mas, como agora o Ramalho já era licenciado... Eia! Coisas deste mundo de disfarce! Só uma mulher para entender as reais intenções de outra mulher. Ouvi que ela se encontra às escondidas com o moço do terceiro ano. Diz ela que ele faz um bom trabalho na cama e que o Ramalho tem uma prisca. Ah, que não venha ela a se rir

---

12 O termo nicawane ou nikawane, entre os macuas quer dizer "vamos lá nos dividir". Os agentes da polícia, que geralmente, são postos dois a dois, para, a pé, fazerem patrulhas nas artérias da cidade, quando corrompem o cidadão, eles, os agentes, partilham do valor ou qualquer bem que seja. É nesse ato de partilhar que surgiu o termo "nicawane".
13 Conjunto das partes genitais femininas.

da minha condição, sei de todos os podres dela. Dizem ser ela (ou seria simplesmente o Ramalho?) quem patrocina as propinas daquele moço, como forma de lhe calar o bico. Enfim, deixem-me terminar a minha história. Vocês cortaram-me o fio de pensamento, pá. O que é que eu dizia... o que eu estava mesmo a dizer?

[aqui a Ferida deu pancada à sua cabeça, para chamar a memória]

I-A, lembrei-me. Sim, quanto a mim, basta eu ter bebé, irei separar-me. Se ele continuar com esse comportamento, eu volto para casa de minha mãe. Ela é "solteira" há nove anos e está bem, feliz e sem nenhum *stress*. Se Talakune pensa que ficarei sempre assim, subalterna, então, esquece-se de como me conheceu.

NÁRCIA:

— E como foi que ele te conheceu?

FERIDA:

— Como uma meretriz dos *semáforos14*. Arre! Ele pensa que é o único homem no mundo? Ainda bem que agora tudo se faz nas redes sociais. Bom, no início era aquela coisa de mais um cliente. Eu nunca soube que ele era um docente, aliás, pouco me interessava a vida privada dos meus clientes, desde que me pagassem. E, porque ele já era um cliente fixo, quebrei a

---

14 Os semáforos funcionam como prostíbulos em Nampula.

regra. Entretanto, ele mentiu-me: disse-me que era outra coisa porque sabia que eu não ficaria com ele se eu soubesse que ele era docente da minha escola. Mais tarde, ele apareceu na minha turma. E começou a dar aulas. Os planos mudaram. E para eu fugir de muitos outros docentes que me assediavam, decidi ficar com ele. Ao andar do tempo, comecei a gostar dele, pois me tratava muito bem e gostava da minha filha. Pediu-me em casamento. Fiquei grávida. E agora vejo que tudo aquilo não passava de uma treta só para ganhar a minha *rata*. Eu deveria ter sabido que ele continuaria procurando outras, assim como a mim procurava.

CADÉLIA:

— Mas pelo menos tens tecto e comida. Não vejo qual é o problema aí...

FERIDA:

— Como assim "não vejo qual é o problema aí"? Ele não presta. Nós não temos nem sequer um ano juntos, mas, vejam vocês, com os vossos próprios olhos, mensagens que eu encontrei no celular do dito cujo:

"Estou em reunião, Felismina. Assim que sair, falaremos... Mas não me respondeste o que te perguntei no messenger. Quero que me visites agora que estás muito boaaaaaaaa."

[trinta e quatro minutos depois]

"Estava no banho."

"Ishhhhhhh não fala de banho. Porque logo *de* imagino nua

com esses teus olhares de cabrito mal morto. Eu logo morro de TESÃO."

[minutos depois]

"Olá, vamos falar aqui no WhatsApp. É mais seguro."

"Olá."

"Até agora só estou a pensar o quão fresquinha estás depois do banho."

"Alô. Por favor, sou comprometida. Não me *aranja blemas."*

"Oh, sorry! Não sabia. Bem que podias ter dito logo, logo. Desculpa. Pensei que ainda estivesses só como antes."

"Já tenho. "

"Oh, muito bom! Já vou apagar tudo o que disse lá no Facebook, senão, serão problemas sem necessidade."

"Haha. Está bem!"

Viram? Ele não tem ideia de que eu vi e fiz *screenshot* disto. E tem mais aqui:

"Tudo bem?"

"Olá! Tudo e aí?"

"Vou indo. Doutor Talakune, tenho dois mil. Peço a tua ajuda de cinco mil para iniciar o meu negócio de frangos. Agradeceria.

"Desculpa. Sabes que não estou a ter ideia de quem és?"

"Paulina, de Lichinga."

"Ah, agora sim! Tudo bem. Vou tratar disso."

Viram? Agora me digam, vocês, se não vêem problema nisso tudo, para alguém que pega filha de dono, alegando que vai casá-la. Eu estava bem como meretriz. Ele quis privar-me.

Quando tu queres privar uma mulher, deves estar disposto a pagar caro. Amar é um trabalho que dá trabalho. Os homens deveriam saber disso: se quereis misturar os elementos que formam a substância, ó homenzinhos, então, sejais honestos e abstenha-vos de arrogância.

Eu só ficarei com ele até o término da minha faculdade, pois, tenho medo que ele me persiga e fique muito tempo sem terminar o meu curso. O comportamento dele não me ajuda. Mas este sofrimento vai passar. Durará só cinco meses, só.

O pior, e o mais triste para mim, é que, por estar a fazer essas coisas, só me faz lembrar que neste momento eu estaria no Maputo, muito bem com meu ex-namorado. O jovem diz que me quer e que quer ficar comigo assim mesmo como estou, mas, eu, amigas, tenho vergonha. Como poderia eu olhar para a família dele?

NÁRCIA:

— Mas, assim quer dizer que ninguém alimenta a tua grávida?

FERIDA:

— Kwá, kwá, kwá! Deus me livre. Meti-me por vingança com o colega dele. Ha! ha! ha! Quem sabe a orelha do filho venha a ser a orelha do colega!

TERESA:

— Interessante.

[principiou a outra mulherzinha que até aqui se mostrava calma e atenta à conversa. Ela era amiga da amiga da Ferida.

Era magra, de pernas arqueadas e de estatura baixa].

Muito interessante isto tudo, minhas senhoras. Conheço o professor Talakune. Se for o mesmo (pode ser que haja outra pessoa com o mesmo nome) ele é senhor muito gordo e bexiguento. Ele é colega do meu marido, mas eu juro que não sabia que era teu esposo. Bom, se é que estamos a falar da mesma pessoa. A propósito, o colega dele com quem dormiste, não é, acaso, o meu marido?

FERIDA:

— Creio que não. Quem é o teu marido? Como te chamas, mesmo?

TERESA:

— Sou a Teresa. O meu marido é o Alcino Rasgado.

FERIDA:

— Não. Não conheço nenhum colega dele com esse nome.

TERESA:

— Tudo bem...

Certo dia, ele, o teu marido, enviou-me uma mensagem a perguntar como eu estava de saúde. Eu não sabia que ele ainda tinha o meu WhatsApp (que antes era usado pelo meu marido, já que o telemóvel dele era incompatível...) Lembro-me, o teu esposo estava nessa altura na Europa a fazer o doutoramento. Queriam conversar sobre algo... e acabaram usando o meu WhatsApp. Então, tendo o teu esposo me enviado aquela mensagem, respondi-lhe que estava tudo bem, e tudo parecia terminar por ali. Mas não. Ele foi-me mostrando a sua atenção, o seu carinho e a sua simpatia. Comecei a me sentir um pouco à vontade com ele, pois, parecia-me uma pessoa para quem pudesse contar os meus problemas; uma pessoa de quem pudesse esperar conselhos, enfim, a minha salsaparrilha...

NÁRCIA:

— Que problemas são esses já, desembucha mulher... nós nos *acabamos* aqui. Vamos, mostra-te a ti mesma!

TERESA:

— Bem, conheci o Alcino Rasgado, o meu marido, quando ele era um mequetrefe da maior marca. Aliás, por conta dessa condição reles, ele é, hoje em dia, um pouco de tudo: arranja rádios; faz, reboca, pinta e eletrifica casas, etc., etc. Com o andar do tempo, ele ingressou na formação de professores, no Instituto de Formação de Professores de Marrere. Tivemos os nossos quatro filhos, dos quais, um deles, ele não sabe que não é dele. Tirando o "enteado", fui leal a ele, à minha maneira. É verdade que acredito que ele também era fiel. Aliás, houve colegas dele que me ciciaram que, estando a trabalhar como professor em Lalaua, ele mandava fumar alunas que lhe queriam na cama em troca de notas para passar de classe.

"Ajudar-te-ei, menina, mas não precisas de despir a roupa para mim". Dizem que assim falava ele. Entretanto, ele mudou de comportamento depois que se licenciou e, mais tarde, teve o mestrado e doutorado. Chega tarde em casa e diretamente vai ao banho, para limpar as evidências de seus "crimes", ele que outrora tinha medo de água como se de gato se tratasse. Não tem segunda nem sexta-feira, sempre vai deambular por aí. Ah, a gente sabe quando um companheiro nos trai, amigas, a gente sabe! Já não lhe interesso mais. Espero-lhe, acordada, todos esses profanos dias. Mas nada. Comida não toca: "Já comi na rua", assim diz ele, embriagado.

Às vezes, faço a cama; nela, coloco flores, perfumo os lençóis e emboneco-me toda para ele. Contudo, quando ele entra no quarto, e me encontra nua, escancarada, tipo um ângulo obtuso, não reage. Não há dúvidas que isso é sinal de que a pua já deve ter entrado em outros furos.

No outro dia, ele estava mais de trinta minutos a conversar, ao celular, com uma ex-namorada, na minha presença. É normal, isso? Enfim, eu sei que ele me faz isto tudo porque eu sou uma simples professora do nível primário; e porque o meu salário chega para quase nada. Mas ele precisa lembrar que começou a sua carreira como docente primário também. Tudo o que ele hoje é, foi graças a mim. Começámos a nossa vida numa casa de caniço, maticada, até agora, que estamos na alvenaria. E ele quer brincar com a minha alma? Trazer vagabundas e dormirem numa casa que só Deus sabe o quanto suei para a termos? Sim. Ouvi com vizinhos que ele mete raparigas lá quando eu não estou.

Na *lua15* que passou, porque já vínhamos conversando, enviei para o professor Talakune uma dessas mensagens que andam a ser reencaminhadas por aí sobre Deus e Diabo. Esperem, acho que não apaguei as mensagens. Vejam, para que não me acusem de mentirosa:

Segunda-feira

"Hehe! Apenas irei ler."

"Porquê?"

"Quero desapontar deus."

"Olha como escreves Deus. Minúscula assim, não! Eu não sei desapontá-Lo."

"Ensinar-te-ei. Não custa. (1) gazeie na igreja; (2) faça amizade com diabo; (3) deixe o resto seguir-se daí."

"Não, cunhado. Eu quero ficar do lado de Deus."

"Está bem, cunhada. És mesmo incorruptível."

"Amém! "

"Amém! Já vejo que me contagias agora."

"Já estás convertido."

"I-A. Hehe. És má."

"O que foi? Má, porquê?"

"Convertes-me, mas não queres ser convertida. Enfim, o que fazes, com

---

15 Mês, traduzido literalmente a partir da língua Emakhuwa "mweri".

este calor, todo?"

"Nada. Apenas com uma vontade de tomar uma cerveja bem gelada!"

"Ah, eu e a cerveja somos amigos na peleja de tudo o que gera inveja; que a verdade seja dita. Não precisamos de igreja; não se aleija o que sobeja! Mas, diga-me, o que a impede de tornar o desejo uma realidade?"

"Não tenho dinheiro."

"Gastou tudo no dia 12 de Outubro16? Que tomas, a propósito?"

"Gastei sim. Toda bebida, eu tomo. Sou universal, desde que não sejam bebidas secas."

"Hehe. Se excluis as secas, então não és "universal". Vou gramar beber contigo."

"Mas, se não sou universal, o que serei, então?"

"'Particular'. Serás universal, se tomares tudo."

"Hihihi."

"Concordas, não é?"

"Não."

"Por que não? Falamos querida. Gramei do papo."

"Okay. Bom dia! Obrigada!"

Terça-feira

"Como está?"

"Estou meio assim e você?"

"'Meio assim', porquê? Eu estou bem."

"Por causa da Teresa."

"Há-há-há-há; o que fiz eu?"

---

16 12 de Outubro, dia do professor em Moçambique.

"*Me enlouqueceu!*"

"*Não fala isso, cunhado.*"

"*Esses teus olhos! Esse teu* piercing *no nariz. Enfim, vou me calar.*"

"*É melhor se calar, sim.*"

"*Oba! Tenha dó também, nê?*"

"*Não sei.*"

"*Quando saberás?*"

"*Nunca vou saber.*"

"*Porquê?*"

"*Porque não sei.*"

"*Está bem.*"

"*Mas, fala-me, como está a tua esposa?*"

"*Está* nice*!*"

"*Que bom.*"

"*E teu esposo?*"

[silêncio]

Sexta-feira

"*Bom dia meu patrão. Acordou bem?*"

"*Haha. Patroa é você, ó, Teresa! Acordei bem. E tu, como estás?*"

"*Estou bem.*"

"*Eu também estou bem, mas no serviço. Me dás sinal, mais logo?*"

"*Okay!*"

[depois de algumas horas]

"*Ainda no serviço?*"

"*Sim. Estou mesmo atarefado.*"

"*Então, falamos amanhã, nê?*"

[quinze minutos depois, terminava a reunião]

"*Já estou livre. Não sei se tu estás aí...*"

"*Huuuuu estou, sim*".

"*Desculpa*".

"*Desculpa porquê?*"

"*Te fiz secar. Quando, na verdade, deveria ser você a me dar seca. Você é a patroa*".

"*Ah-ah-ah-ah, nada. Vocês, homens, são assim*".

"*Hum, como assim 'vocês, homens, são assim'*"?

"*É verdade. Apesar de tudo, agora quem manda é você*".

"*Verdade?*"

"*Sim.*"

"*Vamos lá ver se fala verdade.*"

"*É sério*".

"*Quero provas*".

"*Ki-ki-ki, como?*"

"*Pense em como... surpreenda-me!*"

"*Eu não sei como fazer isso*".

"*Ensino-te*".

"*Vai...*"

"*Estás na escuridão?*"

"*Não*".

"*Quero te ver*".

"*Como?*"

[e passou um minuto sem resposta]

"Oi?"

"Tira a foto".

"Ih ih ih. Por que é que os homens gostam de pedir foto? E ainda por cima, uma nua? Comece você".

"Eu não pedi nua. Nua, eu te quero ver in loco *para que me deixes mucho loco!"*

"Mas estou muito feia".

"És muito bonita pra mim".

"Ah-ah-ah-ah. Não fala isso".

"A sério.... Desejo muito possuir o teu corpo e a tua alma também, se me permitires, claro".

"Te permitir o quê?"

"Eu disse que desejava muito possuir o teu corpo e a alma também. Permites?"

"Ah!"

"Que foi?"

"Vou enviar-te uma foto que tirei ontem. Posso?"

"Sim. Aguardo!"

[passados três minutos]

"Alô?"

[imagem enviada].

"Oh, deus, meu mísero-criminoso!"

[mais duas imagens foram enviadas].

"Escolha".

"Todas. És a nona maravilha do mundo, depois do great man-made river de Gaddafi! És muito linda, Teresa. Sei que já ouviste este elogio por mais de mil e quatro vezes!"

[e outra imagem foi enviada]

"Eu não acredito no que os homens falam".

"Opa. Assim me feres".

"É sério".

"Falo-te a verdade. Acredite".

"E eu falo com todo o meu coração".

"Eu também. Acredite-me".

"Homem gosta de enganar a mulher. Por que será? Fale-me, você".

"Não nego que muitos de nós fingem ser bonzinhos. Mas, também quero que acredites que os meus elogios são sinceros".

"Eu também estou a pedir tuas fotos, por favor".

[imagem enviada]

"Tirei hoje essa foto e não tinha o chapéu. Como vês, sou homem de calvo. Vais mandar-me pôr postiço?"

"Ki-ki-ki, quem sou eu para te mandar pôr postiço?"

"És mulher do meu amigo e minha namorada secreta".

"Kikikikikiki".

"Estou a mentir? Não me desaponte!"

"Sim. Estás a mentir".

"Não estou. És minha namorada. Te declaro".

"Huuuuu".

"*Echêni?17*"

"*Nada*".

"*És muito misteriosa. Estou inseguro*".

"*Então o que pensas em fazer?*"

"*Por estar inseguro?*"

"*Sim*".

"*Não sei você. Que devo eu fazer?*"

"*Essa pergunta não faça para mim, não*".

"*Porquê?*"

"*Você é quem está inseguro*".

"*Sim, pois, sinto que me fintas*".

"*E daí?*"

"*Opá!*"

[imagem enviada]

"*Calma, tá?*"

"*Vou tentar ficar calmo, linda*".

[outra imagem enviada]

"*Ufff! Ui!*"

"*Não pode tentar; tens de te acalmar. O que foi?*"

"*Se me prometeres que te tenho. Imaginei-me aí nessa cama*".

"*Eu não te prometo nada. Tenho medo de mentir*".

"*Não te preocupes com mudança*".

"*Mudança?*"

---

17 Termo macua que significa "O que há ou o que houve?"

"Sim. O que tomamos por verdade é apenas uma mentira envelhecida".

"Como assim?"

"Com o andar do tempo, a mentira reveste-se da verdade. Só isso".

"Interessante, dessa eu não sabia".

"Nem eu. Soube agora que falei contigo".

"Então, quer dizer, eu falei ao contrário?"

"Não. Quer dizer que me fazes bem".

"Ah! Desculpa, teu nome foge-me. Meu marido disse-me, mas só que eu já me esqueci".

"Talakune".

"Okay. Mas ele disse-me que eras qualquer coisa como Muqui..."

"Muquissince! É o meu apelido. Talakune Watjipo Muquissince. Nasci na vila... A ti eu permito que me tuteie. Portanto, chame-me pelo meu primeiro nome: Talakune".

"Não estás com sono?"

"Não".

"Então, não me perguntas da saúde do teu colega?"

"Como está ele?"

"Kikikikikikiki. Só agora perguntas? Ele está bem".

"Perdoe-me. Que bom que ele está bem! Mas, também, eu estou sempre com ele..."

"Assim ele não está em casa".

"Onde foi que ele se meteu? São vinte e três horas agora!"

"Foi curtir. Como vocês dizem: 'hoje é dia dos homens'".

"Se eu pudesse, vinha aí para curtir contigo, com nossa Amarula. Mas,

devo corrigir testes...”

“I-A.”

“Levaste-me a mal por não te perguntar sobre ele?”

“Sim. Porque é teu colega.”

“Tudo bem. Mas gosto da esposa dele”.

“Hehehe, ele fala muito bem de ti. Ele vai-te matar”.

“Hehehe. Não vai”.

“Vai-te matar, sim. É muito ciumento...”

“Tem razão”.

“Tem razão porquê?”

“És bonita. Tens tudo. Não há razão para procurar mulher fora tendo você em casa”.

“Por favor! Assim me deixas sem geito”

“Verdade. Seu peito; seus lábios. Esse seu piercing *no nariz. Seus glúteos — Ah...!”*

“Você, cuidado...”

“Me deixas: Ah!”

“Com calma!”

“Eu já estou a sonhar”.

“Com o quê?”

“Contigo!”

“Aié?”

“Sim. Te beijando dos pés aos cabelos”.

“Que bom ouvir isso”.

“Muitas fantasias. Gostas de fantasias? Estou a pensar, por exemplo,

em muitos fetiches...”

“Não gosto”.

“O que gostas? Diga-me que eu farei tudo o que quiseres e mandares!”

“Adivinhe. Se adivinhares, terás um prémio”.

“De seres bem chupada?”

“Não”.

“De estar em cima, cavalgando-me?”

“Kikikikikikikiki. I-A.”

“Meu prémio?”

“Escolha.”

“Agora sim: quero ver-te nua”.

“Não tenho como”.

“O que queres que eu escolha, então?”

“Fala outra coisa, meu bem!”

“Era prémio, nê? Me dê qualquer coisa”.

“Mando um beijo grande pra ti, meu amor”.

“Wow! Recebido e retribuído. Te beijei nos seios, primeiro; depois, na boca. Um beijo quente e molhado”.

“Wauuu tá muito doce. Ai, que bom!”

“Uma pena, não gostas de ser chupada. Tenho vontades de te lamber a borboleta. Te aquecer...”

“Huuuuu. Sério?”

“Sim”.

“Vem cá, então. Tô da sua espera.”

“Posso vir?”

"Sim. Ele não está aqui".

"Óptimo. Sentirás a minha língua quente na tua... te lambuzando. Friccionarei as tuas... Aiii!"

"Hahahaha. Quanta imaginação!"

"Sim."

"Cuidado ficares louco. Espero-te, então, meu amor".

"Ok, estou a vir, amor... Os testes que esperem! Não te preocupes com a loucura, eu mesmo já te dizia que, contigo, eu quero ficar mucho loco!"

A partir daquele dia, eu e o Talakune, passámos a nos... vocês entendem. Ele dizia que me amava, à maneira dele, o que deveras me alegrava, pois, essas palavras "amo-te" são uma mina para o meu esposo. Há muito que ele deixou de as proferir.

No outro dia o Talakune apareceu em nossa casa com a alegação de que visitava o meu marido. Mas, eu sabia que era a mim que ele queria ver. Fiz comida para os dois. Bebiam cerveja e riam como dois amigos, mas só eu sabia que eram, no fundo, dois rivais; dois homens que banhavam no mesmo rio. "Meu irmão", dizia Talakune ao meu marido, "tens uma esposa muito linda, educada e que, ainda por cima, te alimenta bem. Não é fácil hoje em dia encontrar uma esposa como a tua. És um homem de sorte, irmão". Ah, dizem por aí que não se pode servir a dois senhores, mas eu provei que se pode. Depois que lhes fiz a comida, retirei-me, por vergonha.

ZARINA:

— Uauu! Essa é demais. Estou sem palavras. Mas, por que foi que saíste? Eh! Eh! Eh!, até que bem podias ter-lhes deixado te petiscarem.

TERESA:

— Tu te ris, Zarina, mas eu choro. Como querias que eu ficasse naquelas condições? A pior parte foi quando Talakune chamou-me e disse: "Cunhada, desculpa-me, se ofendo. A embriaguez já vagueia em minha cabeça, mas tenho a consciência do que digo. Este homem aqui...", apontava no meu marido, "...este homem aqui te ama. Ali na Universidade onde nós leccionamos ele é assediado por muitas meninas (e inclusive por senhoras que se encontram em boas posições nas instituições de trabalho nesta urbe; essas senhoras que porque querem boa reforma, então, se acorrem para uma licenciatura...), mas, este, este teu homem, olarila, me ganha! Eu rendo-me com ele, sua personalidade e o seu amor à família. Nós aqui, sim, nós estamos perdidos". Meu esposo enchia o peito de ar, ao ouvir aqueles elogios rasgados. Elogios rasgados para um Rasgado!

Ah, como os homens são sacanas!

Ah, como humanos são demasiados desumanos!

ZARINA:

— Mas então porquê não lhe largas? Qual é a corrente que prende a tua vontade?

TERESA:

— Oh!

ZARINA:

— "Oh!" o quê?

[mas a conversa estava tão pesada que gerou lágrimas na Ferida, esposa do Talakune.]

NÁRCIA:

— As lágrimas nada socorrem, amiga. As lágrimas nada socorrem, menina. Agradeça a Teresa que já lhe deu a conhecer o seu... O que é que digo mesmo?

[quando mais uma mulherzinha disse "bom, eu também tenho a minha história..." as outras cortaram-lhe a palavra, dando-lhe sinais que, no nosso entender, diziam: "cala-te, já não basta ver a pobre senhora com as lágrimas a formarem rios?" Mas não se calou.]

ODELEITE:

— Ouçam cá, vocês. Para mim, desde que o homem me mostre amor, eu lhe dou *as partes*.

[uma mulher que não falava até aqui, e por isso não retivemos o seu nome, se intrometeu...]

— De que amor falas tu, mulher? Os homens não prestam. Veja só aquele meu Cão... apanhei-o era um trapo através do qual todos limpavam os seus pés. Levei e o dei banho, mas, reparem que final ele me brindou: deixou-me quatro filhos, sem mesada nem nada. Era um sovina do raio para mim e para os nossos filhos. Porém, gastava tudo até o último metical, em bebedeiras, com amigos e mulheres de má vida. O meu salário não chega, pois, sou uma básica e vocês sabem que este nosso governo não olha para os pobres...

ODELEITE:

— Ah! Ah! Ah!, vocês metem governo em tudo. Que tem a ver o governo com a consequência da vossa queca? Vendem as vossas almas ao diabo ao se tornarem presas fáceis e querem culpabilizar o governo.

Ah!

MULHER SEM NOME:

— Quem é que achas que cria os meus problemas, então? Experimentem eles criar gabinetes que apoiem a pobres como eu; a mães desamparadas como eu. Garanto-lhe, Odeleite, os "semáforos18" estarão vazios.

ODELEITE:

— Os semáforos há muito que estão vazios, menina. Em que mundo vives, afinal? A rede social varreu toda a prostituta na rua. Agora tudo é acertado no Facebook, WhatsApp e Instagram. Eh! Eh! Eh!.

MULHER SEM NOME:

— Seja como for. O pano do fundo aqui é o governo e não a rede social. Não faça questões-de-ignorância. O governo deve servir o povo e não o contrário.

---

18 Os semáforos funcionam como prostíbulos em Nampula.

FERIDA:

— Acabou, Judite. Afinal não sabes que a irmã da Odeleite se casa com o sobrinho da mulher do diretor das Actividades Económicas?

JUDITE:

— Actividades económicas!

ODELEITE:

— Eish, já me calei! Não sabia que havia Wikipédia por aqui. É engraçado que esta Judite nada disse sobre ela; gosta é de ouvir sobre a desgraça dos outros. Ora, isso é batota, batota e batota!

JUDITE:

— Melhor calar mesmo, pois, a senhora não conhece a nossa dor, a dor de nós os pobres, o verdadeiro povo. Quer que eu fale da minha desgraça? Pois, cá a tens: sabe quanto me pediram para conseguir o meu emprego? Quarenta mil meticais para conseguir uma vaga. E vejam quanto eu recebo: sete mil. Diga-me, você, Odeleite, o que é que se faz com sete mil meticais, em pleno século XXI e com essa crise que esse governo que tanto defendes criou? Vivemos de aparências e eu não sou nenhuma excepção. Quero antena parabólica, chega de ver TV que "sai chuva"; sou mulher e devo ter maquilhagem, ajudar a mamã a pagar a conta de energia e de água, que, no final das contas, pagamos em vão, pois, são cortes atrás de cortes; compra de carvão, salário do empregado... e rancho e escola das crianças e chapa-cem e... melhor calar-me que a lista poderia chegar no rio Mutauanha. Por isso é que toda a mulher quer um homem que lhe sustente. Quer domar-me? Encha-me os bolsos com as notas verdes! Isso mesmo, um homem que se imponha a grandes sacrifícios e que se prive do necessário, para ter acesso a esta menina que dorme na minha calcinha; um homem que esteja ciente de que nada se consegue se nada se persegue.

CADÉLIA:

— Eh! Eh! Eh! Eh!, você é pesada, Judite. Quando eu crescer quero ser como você.

[Assim terminava o diálogo das mulherzinhas reunidas. Odeleite seguia, sozinha, amuada. A Teresa, a Cadélia e a Zarina também se despediram. Falavam enquanto olhavam atrás, para se certificarem que não as seguiam ou que ninguém as ouvia...]

CADÉLIA:

— Teresa, me pareces estar triste e envergonhada. Se eu fosse tu, eu nem me preocupava. Não é culpa tua que o professor Talakune tenha gostado de ti. Ele foi meu supervisor... acreditas que ele queria o meu *xixi*? Eu respeitava muito aquele senhor. Achava-lhe de sério...

ZARINA:

— Eh! Eh! Eh!, conta lá mais, Cadélia.

CADÉLIA:

— É o seguinte: quando eu estava a fazer a minha dissertação de mestrado, tinha sessões de estudos com ele... não é que o tipo me levava a compras que ele chamava de "lembranças" e a almoços em restaurantes caros? Depois de algum tempo, ele me diz: "Mãe, vamos a um hotel descansar. És muito linda que, diante de ti, eu não consigo mais me segurar. Sejamos mais do que somos, Cadélia. Estarás a ir para Maputo, assim como alguém de Kothokwane vai à serra-da-mesa."

ZARINA:

— Que lhe respondeste? Diz-me, que lhe respondeste?

CADÉLIA:

— Que não dava jeito. Eu neguei. Simplesmente disse-lhe que não podia; que o Faduco, que também era mestrando, era o meu esposo.

ZARINA:

— Negaste mesmo? Não tinhas medo, sei lá, dele te encavilhar e chumbares o curso?

CADÉLIA:

— Zarina, és uma das pessoas a quem eu conto os meus podres. Não tenho porquê ocultar verdades para ti.

ZARINA:

— Quanta bravura, a tua, menina! Não que eu pense que me

estás a mentir, mas olhando para as circunstâncias, tu estudante e ele supervisor, facilmente uma pessoa seria engatada, não achas? Aonde foste buscar essa coragem e valentia de lhe dar um *não*?

CADÉLIA:

—— Na verdade, eu tinha consciência das circunstâncias, mas encorajava-me pelo facto de ele mesmo ter elogiado o meu trabalho, o que significava que estava bem feito; que não precisava de o meu corpo entregar, como forma de elevar a minha nota. E mais, ainda que o trabalho não estivesse bem escrito, na defesa eu teria, pelo menos, um dez. Devo admitir, a minha cegueira pelo Faduco não permitia que eu o traísse. Ih! Ih! Ih!

ZARINA:

—— Mas, amiga, o que te ocorria, na mente, quando ele te levava a comprar essas *lembrancinhas*, e aos restaurantes luxuosos, e etc.? Julgavas mesmo que um homem faria todo esse favor, sem esperar algo em troca?

CADÉLIA:

—— Zarina, o professor Talakune viveu fora do país: França, Portugal, Itália... mostrou-se sempre muito educado... fiquei a pensar que ele agia assim, por receber educação ocidental... que era forma dele, e que fazia isso por...

Enfim, o importante foi que ele me pediu *desculpas*. Mas disse que o sentimento dele era puro e verdadeiro.

Ah, amigas, eu quero voltar a estudar, sabem? É a única forma de me elevar na vida. Quero humilhar todos os que hoje me humilham. Deus não me deu marido digno, mas um gigolô. Eh! Eh! Eh! Eh! Eh!

ZARINA:

— A propósito, Cadélia, o que vem a ser gigolô? Não te quis perguntar quando estivemos na casa da Ferida, porque tinha medo de mostrar-me ignorante.

CADÉLIA:

— Um homem que vive às custas de uma amante, geralmente mais velha, como é o caso do Faduco e da titia com esposo na Europa.

ZARINA:

— Eh! Eh! Eh! Eh! Eh! Gigolô!

CADÉLIA:

— Eh! Eh! Eh! Eh! Yohutzivela massi19

ZARINA:

— Muito.

[E era assim que terminava o bate-papo. Bateram palmadas, como forma de celebrarem a sua alegria, não obstante a Teresa estar amuada. Ela fazia anotação mental, continuava triste e culpada. Entretanto, na casa da Ferida...]

---

19 Sinto que gostou do termo.

NÁRCIA:

— Amiga, vais continuar a falar com a Teresa depois de tudo o que ela despejou? Mas que entregadinha ela é, hein?! Dizia ela: "Esperem, acho que não apaguei as mensagens. Vejam para que não me acusem de mentirosa", mas foi ela quem começou a se lançar para cima dele com "bom dia, meu patrão", "agora quem manda é você" e "vou mandar foto que tirei ontem". Que homem que é homem, não se aproveitaria disso?

FERIDA:

— Deixa para lá aquela dona de pernas arqueadas. Até porque ela é amiga da amiga. Não tem rabo, e se parece mais com um caniço que outra coisa, eh! eh! eh! eh! . Quando o Talakune diz "glúteos", que glúteos refere ele? Homem quando quer ter as partes, pá! Só para tu veres com que coisas ele me troca. Ele não está bom de cabeça. Uma pessoa com juízo não deixa uma *cheia* para ficar com um *caniço*; nem sequer trocaria uma doutora-em-potência por alguém que escreve "geito" ao invés de "jeito". Eh! eh! eh! eh! Eia!

[Aqui ela deu uma pancada no seu rabo, enquanto chiava. E porque estava entardecendo, a Nárcia também se retirou]

O DIA CORRIA ADMIRAVELMENTE a Talakune que se encontrava, não em Malema, como a Ferida pensava, mas ali mesmo no "nariz da cidade", na taberna da dona Muanacha, no bairro de Murrapaniwa, quando uma cara familiar se aproximou dele, na sua mesa:

CARDOSO NTJEMPE AJUDA:

— Estamos sem energia, fazem três dias, pá! Esses mwalapwás20 cortam-nos a luz quando querem e como querem...

DONA MUANACHA:

— Nem me digas, sobrinho. E tu nem imaginas quanto prejuízo nos impõem, pior, a nós que vivemos de pequenos negócios. Hoje, por exemplo, não pude confeccionar a comida para vender porque o peixe estava podre. Ah, se eu fosse como essas pessoas que fazem o cliente comer coisas podres! Mas, não. A mim, a consciência pesa. Até porque de tão crente que sou, não quero ter problemas no dia de Yawm al-Qiyämah.

CARDOSO NTJEMPE AJUDA:

— Agora é só ouvir o barulhar do gerador do vizinho, titia.

TALAKUNE:

— Eh! eh! eh! Imagino, mano. Mas, desde que estejamos

---

20 Cães.

saudáveis...

CARDOSO NTJEMPE AJUDA:

— Que saúde, mais velho. Se adoeces, no hospital és maltratado. Aquilo é uma merda. Hoje mesmo vi uma enfermeira, no hospital *Vinte e Cinco de Junho*, a falar tranquilamente ao celular, enquanto os doentes rebolavam na bicha. Eu já me acostumei. Enfim, ainda bem que uso lamparina em casa, embora, ao amanhecer, as narinas fiquem entupidas.

TALAKUNE:

— Eh! eh! eh! eh! Pois.

CARDOSO NTJEMPE AJUDA:

— Tudo por culpa da tua Frelimo.

TALAKUNE:

— Kikikikiki.

CARDOSO NTJEMPE AJUDA:

— Gosto de conversar contigo, mano. Aprendo sempre. Mas, que tal, não pagas uma Lite aí, mais velho? Olha aquela garina ali, mano. Morre de amores por ti.

TALAKUNE:

— Oh, já começou a mentir! Aprender de um ser como eu? Dona Muanacha, traga uma Lite para o miúdo aqui. Que garina, pá. Fica tu com ela.

[houve curto silêncio quando a dona Muanacha trazia a

cerveja]

CARDOSO NTJEMPE AJUDA:

— Suca *daqui, mano.* Por quê não aprenderia eu contigo? Todo o mundo tem algo a ensinar. Quem dera ela me quisesse. O mano sabe como é que essas coisas de relação funcionam: sou pobre.

TALAKUNE:

— Ih! ih! ih! Olha que se me insultas, mando-te devolver a birra... Brincadeira, é um prazer pagar-te *umas.* Até porque não anima beber sozinho. Quanto ao elogio, és o primeiro a ver isso, em mim. Acho que os outros estão à espera que a minha morte chegue, para tecê-lo que, decerto, não ouvirei. E sim, sei essa coisa de meninas tenderem a seguir "felicidade barata". Por mais nobre que seja a sua beleza, ela se aliará a um diabo só pra poder comer, vestir e viver sem esforços nenhuns.

CARDOSO NTJEMPE AJUDA:

— I-A.

TALAKUNE:

— Pois. Infelizmente o mundo é assim.

CARDOSO NTJEMPE AJUDA:

— Bom, quanto aos ingratos: não ligue isso, mano. Pior os macuas, são o pior povo de Moçambique. São calculistas, falsos e ladrões.

TALAKUNE:

— Eh! eh! eh! eh!, o ser humano, irmão. O ser humano. Aliás, no fundo, esses atributos podem também ser teus, não achas?

CARDOSO NTJEMPE AJUDA:

— Sou diferente, mano. E olha que a minha mãe é macua, também. Ah, tens de ouvir ela a lamentar: "macuas... uma merda", diz ela. Quando ela própria é, também, uma macua.

TALAKUNE:

— Interessante.

CARDOSO NTJEMPE AJUDA:

— O mano é docente da UP, né?

TALAKUNE:

— Sim, por quê?

CARDOSO NTJEMPE AJUDA:

— Agora percebo. Então é por isso que o mano é muito culto.

TALAKUNE:

— Oh, assim me enches de ar! Espero que os teus elogios não sejam para... para continuares a tomar as minhas cervejas.

CARDOSO NTJEMPE AJUDA:

— Nada disso, mano. Que a verdade dita seja. Mas, então, os teus estudantes, cabulam?

TALAKUNE:

— Não. Não os deixo. Quero dizer, é bem possível que um e

outro consiga, mas eu vou à reçaga, apertando-os bem. Se lhes dou folga, os tipos sacam-me positivas, e consequentemente...

CARDOSO NTJEMPE AJUDA:

— Não enches o teu bolso. É isso? Mas tem toda a razão, mano. "Há que comermos onde somos amarrados". E, no que tange às moças, cobras mola ou...?

TALAKUNE:

— És investigador criminal, acaso? Vai ver que és um espião e me implicas! Quanto às mocinhas, interessa-me a bicha. Nada de taco.

[aqui Talakune falava aos cochichos, para que a dona Muanacha e o resto dos clientes não o ouvissem. Depois, ambos os interlocutores deram um gole demorado da sua bebida. Talakune retirou do bolso três telemóveis, pois, não sabia qual deles tocava.]

Alô! Onde é que vocês se meteram, pá? Almeida Garrett? Ok, ok. Eu estou aqui na dona Muanacha. Como é que não conheces, aqui em Murrapaniwa, já cá te trouxe uma vez. Ok. Em vinte minutos, prometo, estarei aí... se me atrasar, já sabem, as nossas estradas... O Alcino Rasgado também vem? Eish, estamos entregues. Até já, bradas.

[quando terminou a chamada, dirigindo-se a Cardoso Pendura disse:]

— Olha mano, tenho de me encontrar com estes amigos. O

que estavas a tomar mesmo? Pago-te mais quatro, espero que te ajudem para o resto da tua noite. Devo retirar-me.

CARDOSO NTJEMPE AJUDA:

— Lite. Estou a tomar uma Lite, mano. Obrigado. «Mas este gajo se faz de chiliques; será que não pode mesmo ver no rótulo da garrafa o que é que estou a tomar, ou quer simplesmente gabar-se?»

***

Ao longo da sua trajectória, Talakune tivera troca de injúrias com um chapeiro. Talakune havia lhe cortado a prioridade. O chapeiro, que era alto e tinha cabelo longo, dividido em madeixas grossas enroladas, vulgo *rasta*, havia mostrado um manguito ao nosso docente; um manguito acompanhado de palavras: "Volte à escola, seu bêbado. Comprou carta de condução, né?" Estava tão nervoso, Talakune, que pisava no acelerador sem dar conta que a estrada é (era) encovada. — "Porcaria", refilava ele, irritado, batendo no volante com a mão direita, a mesma que usava para chamar mais um gole de cerveja. "Vai mostrar pirete a um Doutor como eu? Já não há respeito nesta sociedade? Eu, Talakune, voltar à escola de condução; sabe aquele surumático onde eu estudei?" E, para acalmar os seus nervos, levava à boca mais goles das cervejas depositadas num *Coleman*, que estava no assento do passageiro. Após trinta minutos, e não vinte, como ele previra, finalmente chegou no Almeida Garrett. Quando desceu da sua viatura, não ligou o alarme do seu carro, coisa que normalmente não deixava de fazer, (não que isso fosse para proteger a viatura das acções malévolas dos meninos que desmontavam as luzes de carros, mas sim para chamar a atenção de piriguetes).

— Tio, serei o vigiador do seu carro. São cinco meticais apenas. — Gritou-lhe um menino, pálido e muito malvestido (tinha calções rasgados e uma camisa suja da qual só restavam dois botões).

Talakune fez um sinal de "está bem" com o seu dedão carcomido, ao mesmo tempo que lhe ocorriam na mente as palavras: "Libré, libré. Logo eu? Mas que lacaio de merda é aquele chapeiro!"

Entretanto, dois jovens desciam pelas escadas, já embriagados. Batiam-se no ombro, para concordar ou discordar de algo. Vestiam camisas de mangas curtas, não porque fizesse calor, mas porque queriam salientar os seus músculos nos braços; músculos adquiridos num desses ginásios rudimentares do bairro. Quando deram encontrão, Talakune proferia as mesmas palavras de desapontamento "Libré, libré. Logo eu? Mas que lacaio de merda...!", o que fez o mocinho mais embriagado o pendurou à parede para tirar satisfação:

— Quem é lacaio aqui, hein? Acaso bebemos com teu

dinheiro? Estás a ver este gajo, Nanvarapili? Diz ele que somos lacaios. O que lhe faço, diz, o que faço com ele? Grrr!

— Ei, solta-me, caramba, que me estás a aleijar!

— Chiu! Mas, quem é lacaio? Diz, diz, diz. Quer morrer, não é?

Mas era claro que Talakune não queria morrer. Pelo menos, não naquele momento.

Ficou entendido que era solilóquio, que era consigo mesmo que o docente falava. Quando o largaram, disse: "Sabem com quem se meteram? Sabem a quem vocês acabaram de abarbatar?"

Mas eles não sabiam e nem queriam saber.

A primeira coisa que fez quando, finalmente, chegou ao primeiro piso, foi perguntar ao caixeiro se ele conhecia os jovens que acabavam de sair; se eram estudantes (para ver se deles se vingava chumbando-os), entre outras coisas do género.

Dirigindo-se à mesa, onde os seus amigos se encontravam, pediu um vinho. O garçom trouxe-lhe o menu dos vinhos servidos naquele bar-restaurante, ao que Talakune respondera: "desde que seja vinho, pá!". Uma ideia que ele mudou quando viu que, ao lado, tinha duas moças que bebiam sozinhas e que punham os olhos nele. "Martíni. Dá-me Martíni, se faz favor". E cumprimentou com a sobrancelha uma delas, que não parava de lhe sorrir. De seguida, fez um sinal ao garçom de "anda cá", com o seu dedão carcomido. O servente aproximou as suas compridas orelhas da boca do Talakune, já que a música tocava muito alto, e, por um triz, Talakune beijava essas orelhas compridas, ao gritar-lhe:

— O que é que aquelas raparigas estão a tomar?

— HÃ?

— O que é que aquelas raparigas, ali sentadas, estão a tomar?

—AAAMARULA, PATRÃO. ESTÃO A TOMAR AMARUUULAA!

— Ok. Mande-lhes, não um copo, mas uma garrafa inteira. Ouviu bem? E diz-lhes que vem, não desta mesa, mas, *daquele* senhor.

— Está bem, está bem, patrão!

— Pronto, vá lá. Espere! Toma cá estes cinquenta meticais. Não é para pôr nos cofres do bar, é para ti, esse dinheiro. O senhor tem filhos, não é?

— Sim, sim... patrão. Tenho cinco filhos com a mais velha e três com a mulher mais nova.

— É polígamo?

— Sim, sou. Mas, não é nada disso que o senhor patrão está a pensar.

— E o que é que eu estou a pensar, hein?

— Que eu seja um mulherengo, patrão. Mas, não e não. Eu não sou isso, patrão. Antes pelo contrário. O que eu sou, só

Deus sabe. Eu sou uma pessoa de boa-fé. A respeito das minhas esposas só tenho um sentimento — a piedade. Melhor disputarem um homem pobre como eu a estarem por aí nos semáforos, a deambularem; não acha correcto, patrão?

— Ah! ah! ah! Vejo que não és apenas um garçom. És uma coisa com que se pode falar. És um tertuliano. Está bem, atenda as raparigas, mano. Somos manos, nada de patrão, está bem?

O garçom respondera que sim, mas passaram-se cinco minutos e ele voltou a tratar Talakune por "patrão".

Estava no sangue.

Tudo isto decorrera sem que os amigos do Talakune notassem, pois, eles estavam num bate-papo aquecido. Mas, quando o garçom trouxe o Martíni, os amigos, em uníssono, e admirados, disseram: "Talakune, Martíni? Desde quando?" E logo ele, com o seu pé, pisoteou-os, um a um, velozmente.

Quando o garçom veio informá-lo que as moças agradeciam o gesto, ouviu-se outro comentário em uníssono: "Uau! Talakune, Amarula?". Talakune voltou a pisoteá-los.

No que respeita ao "papo aquecido", os nossos rapazes falavam sobre várias coisas, essas coisas de que os docentes universitários se ocupam. Até que se lamentaram de um colega que reprovava *casos21* deles. Ou seja, um colega que

---

21 Estudantes que, por serem fracos, se atrelam aos professores com o objectivo de receberem ajuda.

reprovava, não apenas familiares de outros docentes, como também as mulherzinhas deles.

— O Nanjolo é muito mau — Dizia um.

— Mau é favor. Ele é um carrasco, isso sim! — secundava o outro, desapontado.

— Ele se esquece que dormíamos juntos no lar, ali no *Self*, na UEM22.

— Afinal?

— Pois é. Demoravam de lhe mandar mesada, já que a mãe dependia do salário do filho mais velho.

— Sim. O Armando.

— Exactamente! O Armando. Eu mesmo é que sustentava aquele gajo.

— Não pode ser verdade!

— Alimentava-lhe, sim. Porque não é somente da comida do internato que um estudante vive!

— Lá isso é verdade.

— Claro que é. Até porque essa comida do internato não era grátis. Tínhamos de comprar senhas.

— Sim, sim, sim. Eu bem me lembro dessas senhas.

— E vejam vocês como ele me paga hoje!

— Ah, esse é um espertalhão que só quer se dar bem à custa

---

22 Universidade Eduardo Mondlane (a maior e mais antiga de Moçambique)

dos outros! Onde já se viu, a *matrecar* colegas...

— Ele deve ter ficado enfurecido comigo.

— Porquê?

— Certa vez eu lhe disse que não tinha dinheiro, e não tinha mesmo.

— Explique-nos bem...

— Queria um empréstimo. Queria, segundo entendi, comprar pneu para aquela sucata dele de Japão.

— Eh! Eh! Eh!

— Onde já viu comprar sucata a confiar no bolso do outro? Arre! Essa coisa de querer coisas para parecer o que não se é. Depois faz pedidos com aquela mania dele de falar um português afinado, cheio de vocábulos, para mostrar que viveu em Lisboa. E faz isso nas salas de aulas também. Houve alunos que vieram-me dizer: "Mas o senhor professor fala naturalmente, afinal, não estudou também em Lisboa assim como o Dr. Nanjolo?". A gente passou por lá também, mas nem por isso deixa de falar calão, pá; nem por isso deixamos de beber nas barracas contanto que nós também, nós também espreitamos o mundo de Deus. Arre! Disseram-me os alunos que ele carrega o seu diploma para a sala de aulas.

— Verdade, isso?

— Oh!

— Diz lá. Será mesmo verdade isso que acabas de dizer?

— É possível eu inventar uma coisa destas? Vocês podem me dizer o que isso vem a ser? Carregar diploma para cada sala de aula...!

— É um escravo. Ainda não saiu da caverna platónica.

— Zeus me livre! Garantem os alunos que ele interrompe aulas, fingindo receber chamadas de emergências: *Hello!? Hey buddy how's it going? Let me see... hmm, what else, what else do I want? Yeah, I guess that's about it. Make sure you send it to me through DHL, man. Well, same old... yes, trying to hang in there. You damn know that I am trapped in this shithole of us. I already miss UK, man....,* para provar que tem o domínio da língua inglesa e que faz passeatas na terra da velhota Elizabeth.

— Eh! Eh! Eh! Mecussete, só podes estar a mentir.

— Mentir, eu? Que eu morda a minha própria língua se estiver mentindo. Ele não sabe que eu sei dos podres dele.

— Que podres?

— Vocês não sabem? Olha, os familiares não conhecem na casa do gajo. Ninguém pisa lá. Como pisar onde não se conhece? Prefere ser ele mesmo a lavar a loiça a ter um familiar morando na casa dele, com medo que lhe gastem a comida. Ele é um pelintra!

— Mas Mecussete, como é que sabes?

— Oh! A informação hoje em dia é como a mosca, "ousada e sempre disposta a pousar em nossos narizes", mesmo sem lhe chamarmos... vocês sabiam que é ele quem cuida de crianças, a esposa ali, sentadinha numa boa, a ver novela? Ele não casou ela. Ela casou ele! Lavar pratos e cuidar de crianças, arre!

— Sério?

— Seriíssimo. Eu não, nem amarrado faria isso. Arre! Livrem-me de tamanha humilhação. O dia em que a minha esposa pedir-me para que fique a cuidar dos meninos, dir-lhe-ei na cara: "vai à merda!"

— Ah! Ah! Ah! Mas, Mecussete, se tu és solteiro, como é que...?

— Acaso eu disse que era casado?

— Nada, pá. Tens razão. Continue...

— O Nanjolo é um filme sem fim. Todos sabem que ele "dormiu" com a sobrinha, filha da própria irmã, a Margarida. E as coisas lhe amargaram. Todos vocês sabem que ele largou aquela moça de Nacala, mãe do seu primeiro filho, para casar com aquela *branca*. E coitada da branca nem sabia que ele era pai; quando finalmente ouviu, já era tarde. Todos vocês sabem a maneira de como ele engatou a ela: mentindo-lhe que, por ser muçulmano, então não poderia fazer o jejum enquanto vivia maritalmente com ela. Ah! ah! ah! Estes brancos são fáceis de enganar, irmãos: *Amor, a minha religião não permite que eu jejue enquanto não estivermos casados oficialmente. É pecado.* E a coitada cedeu. Não me custa acreditar que o *colono* acreditava mesmo que *a galinha zambeziana não tinha moelas*! Ah! ah! ah! Como são ingénuos, os brancos! Mas ele teve um troco... Sei que vocês souberam. Nem sei por quê me dou o trabalho de contar estas coisas. Vocês souberam que ele, há meses, conhecera uma *pita* no Facebook. Aliás, a *pita* poderia ter sido um gajo a fazer-se passar por *pita.* Vocês não apanharam essa história? Não apanharam? Então, eu conto-vos. Olha, o Nanjolo conhece uma *pita,* na Internet, e os dois resolvem fazer um encontro, enfim, um *meeting* para a devida *operação.* Durante o *chat,* a *pita* diz: "Vem até a minha casa, aqui no bairro dos poetas". O Nanjolo já havia preparado os seus preservativos... Quando chega ao local indicado, a *pita* pergunta-lhe se ele trazia o dinheiro. Como sabem, nada é *grátis,* por estes dias. Nanjolo respondeu afirmativamente. Isso tudo era no *chat.* Foi daí, então, que a *pita* lhe diz:

"Estás a ver essa pedra aí em frente ao meu portão?"

"Sim."

"Pois coloque o dinheiro por debaixo dela e, depois, vá até aquele salão de cabeleireiro ali.... Eu desço, pego no dinheiro e venho ao teu encontro."

"E como eu terei a certeza que tu vens, enfim, que isto não passa de uma enganação?"

"Irei para aí. Eu só faço isso porque já me aproveitaram antes, por ser tão pequenina. Não confio mais em vocês, homens. Basta fazerem o que querem.... já dormiram comigo sem pagar. 'O preço da doçura é a amargura'. Eu devia ter dado ouvidos a John Locke!"

Quando Nanjolo ouviu aquela ladainha toda, principalmente a parte em que a "menina" citava John Locke, pensou: *"Ah, ela deve ser uma moça educada! Não deve ser uma malandra. Vou confiar nela. Até porque ela deve entender que os homens não são feitos do mesmo átomo..."* Ah! ah! ah! Eu acho que o Nanjolo mereceu. Bem feito, senhor Nanjolo! Não se deve andar por aí a confiar em pessoas que encontramos na Internet. Arre! Se até aqueles que conhecemos na vida real nos dão punhaladas, o que será de internautas? Nanjolo, quem é Nanjolo, senão um gabarola? *Matrecar* colegas. Arre! Se ao menos soubesse como se pronuncia a palavra *pneumoultramicroscopicossilicovulcanoconiótico*! Um gajo que é doutor, mas sente inveja de seus estudantes, onde é que já se viu isso? Veio um ex-estudante, a chorar, porque se encontrava na última semana do prazo para a submissão da sua carta de recomendação para o concurso a uma bolsa de estudo para a Austrália. O pobre miúdo até quis dar-lhe algum dinheiro como jeito de agradecimento. *"Não, por favor, miúdo. Nem pense nisso. Isso é apenas minha obrigação e não aceito nada mais que a tua felicidade. Fique tranquilo. Amanhã mesmo estará tudo pronto e irei enviar-lhe para teu e-mail."* O miúdo voltou para casa encantado, dizendo consigo: *"Ah, se todos os docentes fossem como o Dr. Nanjolo!"*. Mas, no dia seguinte, o puto abre o *e-mail*... e... e... eh, nada de Nanjolo lá continha. O miúdo chamou o telemóvel do Nanjolo, este não atendia a chamada. Ah! ah! ah! Ei, garçom, peço mais uma cerveja...

— Nanjolo fez isso?

— É claro que fez. É coisa para alguém admirar-se? Ele é imprestável. Weyo garçom, pedi cerveja aqui, pá! Já não se respeitam clientes assíduos, né?

— Vai com calma, mano. Tens de ver que ele está sozinho. Sozinho não se pode atender todas as mesas ao mesmo tempo.

— Não é "vai com calma". E eu com "sozinho"? É que estes gajos são maníacos. Como viu que vieram novas caras ali... já perdeu gosto pelas nossas. O novo é sempre mais interessante que o velho.

— Pode ser que Mucussete tenha razão. Não sabem que o *velho* será sempre fiel a nós. O *novo* ilude-se justamente por achar que é *novo*. Mas, entretanto, por ser ilusão, acaba sucumbindo... Vai ver que o que é novo é também algo bem velho!

— I-A.

— Bom, acho toda essa história do Nanjolo muito engraçada. A sério. Eu, Talakune, não consigo engolir que Nanjolo fez isso com o seu pobre estudante. Logo ele que estudou... ou ele quer ser o único doutor?

— Também eu acho.

Esses eram os pequenos contos sobre o Nanjolo. Mais tarde, ouviu-se dizer que ele falava com tanta alegria para os seus alunos de como era o interior do avião internacional e espezinhava a nossa companhia aérea, a *LAM*. "Tem tudo o que vocês precisam, lá: TV, sítios para carregar *laptops*, celulares, Internet, etc. As cidades de lá, então, não vos digo. As casas estão todas registadas no sistema de dados, de modo a que, usando o GPS, vocês chegam a qualquer ponto que quiserem; as encomendas chegam até à porta. E nós? Nós aqui vivemos como formigas..."

E os seus espectadores ouviam-no com cobiça. Pretendiam terem sido eles aquelas pernas, aqueles olhos, enfim, aquele corpo todo de Nanjolo.

Outro dia, estava a chuviscar. Foi a uma mecânica. Tinha lá um sinal exibido em língua inglesa: *auto-service*. O tipo parqueou a sua viatura japonesa e foi em direcção a uma caixa que continha ferramentas. Quis fazer o serviço sozinho sem dirigir uma palavra aos proprietários, que se enfureceram vendo o cenário:

— O senhor *amalugueceu*?

— Porquê?

— Eu é que sou *só mestiri* aqui.

O nosso professor doutor procurou mentir, dizendo que aquelas palavras, *auto-service*, significavam, em nossa língua, que a pessoa podia se servir, resolver o seu problema, pessoalmente. O mecânico era, não entanto que um analfabeto (pois por causa de impossibilidades financeiras a família nunca o mandou à escola), mas um desinformado. Até porque não foi ele que havia escrito aquele chamariz, mas alguém a quem de certeza ele havia pagado. Ele apenas sabia que o que estava escrito ali tinha alguma relação com a profissão que ele aprendeu a praticar só por ver os outros a fazerem. O nosso professor doutor quis insistir em dar aulas grátis àquele mecânico.

"Há quem pague muito dinheiro para merecer meus discursos. Devia agradecer-me por dar-lhos gratuitamente."

Mas o mecânico pegou num martelo e ameaçou o nosso palestrante: "quer *luda23* nué?"

O Nanjolo não queria lutar.

Certa vez, dando aulas de lógica — aquela disciplina que tem como objecto de estudo as condições em que um raciocínio pode ser considerado válido, mediante a determinação de regras válidas — a seus alunos, disse: "Não ousem em querer escrever um livro logo que terminarem a faculdade. Há muita palha aqui na praça a chamar-se de livros. *Olepa olipa24* e não é para qualquer um. Escrever é ler, mas nunca ler é escrever."

---

23 Luta – o povo macua, por cultura ou influência da sua língua Emakhuwa, geralmente troca as consoantes na pronunciação das palavras.
24 Escrever custa.

— Porquê amedrontar os putos? — notava o Rasgado cada vez mais rasgado — Vocês viram o manual que ele mesmo elaborou para o seu curso? Não? Então deviam ver... está cheio de erros lógicos. Onde é que já se viu, por exemplo, o *termo maior* de um silogismo a ocupar a posição do sujeito na conclusão? Eu quase me mijava de rir, quando vi aquilo. Que grande piada, esse erro, vindo logo dele, hein? E já me garantiram que, outro dia, o tipo apresentou um silogismo em que as premissas eram, ambas, universais, mas a conclusão, particular.

— Eh! Eh! Eh! eh! Sério isso, Rasgado? — perguntou Ramalho, de olhos bem abertos, como se estivesse a presenciar a morte de alguém. — É mesmo sério?

— Eu acredito! — intrometeu-se o Mecussete — eu acredito. Há tanta façanha dessa sanguessuga, mas vejo que vocês já se cansam de as ouvir. Acreditem, amigos, outro dia ele estava comigo, em Angoche, na sua viatura, aliás, na sua sucata. Viu, na calçada, um vendedor ambulante. Chamou-lhe abrindo o vidro do carro, aliás, o vidro da sucata. Estava calor, mas ele usava um xaile-manta, um desses xailes que mostram o quanto somos doentes pelas equipas do futebol europeu.

"Quanto faz o caranguejo?"

"Cinquenta contos o quilo, patrão!"

"E quantos quilos são ao todo?"

O homenzinho avaliou a sua palha feita à base de folhas de coqueiro e disse, cepticamente:

"Acho que são dez quilos, patrão!"

Nanjolo responde: "Acha? Tem de ter certeza, pá!" Mas, depois, disse "tudo bem. Quinze euros não são nada." Quando reparou que eu lhe reparava, perplexo, justificou-se: "Hábito, pá! Por viver tanto tempo na Europa, um gajo agora tem essa mania de converter o metical para o euro."

Chega de vos falar desse saltimbanco.

Ah!

O Nanjolo envolveu-se até com a Estefânia...

Mas aqui foi interrompido o Diamante Mecussete não terminando a palavra.

— Já estás embriagado, Diamante — sentenciou o Ramalho.

— Epá, não demoras de ficar grosso, Mecussete. — acrescentou o Talakune que dividia os ouvidos entre a conversa das mocinhas de Amarula e a dos amigos.

Quando tudo parecia que estava terminado, Alcino Rasgado deu gritos com ar de *eureka*:

— Mas é isso, está tudo explicado, amigos. Há pessoas que são os seus nomes e Nanjolo é uma dessas pessoas. Raciocinem comigo: Nanjolo quer dizer anzol. Eh! Eh! Eh! Numa palavra, ele é o gancho para pescar...

Mas ninguém deu atenção à sua explicação e nem lhe permitiram que terminasse. O que fez com que fosse ele o único a rir da sua piada. Voltaram a dar atenção, sim, à bebida. "Tchim-tchim" à vida.

***

Custou-nos adivinhar qual era a razão daquela reunião. Talvez fosse para apenas se deliciarem da cerveja, já que isso era comum entre os jovens. Ou talvez não fosse isso. Como se sabe, onde houver colmeia, há, também, abelhas. Entretanto, tudo começou a fazer sentido quando Ernesto Diabo pediu que lhe explicassem o por quê do encontro.

— I-A. Eu também preciso saber. — disse Alcino Rasgado, endireitando a cadeira plástica já cansada.

— Mas, Rasgado, custa mesmo comprar um *roll-on* ou um perfume barato? Ei, mano. Estás a piorar. A tua mulher suporta mesmo a tua sovaqueira? Mulheres aguentam, I-A. Diz-me cá, custa mesmo tomar banho?

— Olha, Talakune, eu mesmo já dei mais de quinze conselhos ao nosso amigo, mas ele parece que não ouve. És um Doutor, Rasgado. Eu não disse doutor, mas sim Doutor!

— *Famba25* vocês, pá! Vocês que tomam banho, digam-me, por que é que a vossa toalha fica suja, depois de, ao corpo, terem passado inúmeras vezes o sabão e a água? Vamos. Respondam. Ah, somos aeonianamente um lixo! Somos um lixo! — Respondeu rasgadamente o Rasgado. E porque a música em faixa havia terminado de tocar, as palavras "somos um lixo", soaram alto pois lhe saíram da boca quando tudo

---

25 Dane-se.

estava silente.

Ficaram por uns dez minutos em silêncio. Cada um ia recuperando a paciência ou a calma. Na cabecinha do Ramalho ocorriam-lhe estas palavras: "ainda bem que a minha mulher é submissa...", depois de ouvir o relato sobre a esposa do Nanjolo.

Neste momento, as raparigas, que já estavam a sair, aproximaram-se para mostrar a sua gratidão a Talakune. A mais velha meteu-lhe no bolso, com gestos obscenos, o que acreditamos ser um bilhetinho contendo o número do seu telemóvel. Estamos a adivinhar, apenas; poderia muito bem ser outra coisa. Eram moças com idades compreendidas entre os dezassete e os dezanove anos. Como ali haviam parado, e por que pés os funcionários do bar permitiram que elas tomassem álcool, ainda que fossem menores de idade, é mistério que não saberemos desvendar.

— Deve ter pogonofilia, aquela *mwana26*" — Notou Mecussete, com o ar sarcástico que tão bem o caraterizava — Viram a maneira de como acariciou a barba do vovô Talakune? Viram? Ah! ah! ah!

— Vejam isto, *bradas*. Aquela *mwana* que acabou de sair, já me declara amor. Olhem o que escreveu: "amo-te, aeonianamente." AEONIANAMENTE! Não terá ela ouvido

---

26 Criança.

Alcino quando este dizia "somos aeonianamente um lixo" e lhe roubado essa expressão?

— Diz aí, mano, o que foi que lhe fizeste para mereceres tão prematura declaração?

— Não viste quando o garçom veio dizer que elas agradeciam? Comprei-lhes *Amarula*, duas garrafas...

— Duas garrafas? Eh! Eh! Eh!, este Talakune não tem razão. Ele que é mão-de-vaca com amigos. Mas, está explicado. Ela ama aeonianamente o Talakune comprador das amarulas e não este Talakune cacata para os amigos. Eu, por exemplo, amo a minha mulher por ela ser submissa.

— Mão-de-vaca, eu? Cacata, eu? Escolha outra vítima, Ramalho.

—Tu, sim. — Acudiu Rasgado. Mas depois bateu-lhe na consciência uma ideia, que o fez dar uma pancada na testa — Lixa-te, Rasgado, tu também és um fracote quando se trata de um rabo-de-saia.

Talakune mexia no celular, nessa altura. Quando foi questionado pelos amigos sobre o que fazia, disse:

— Ei, *bradas*, entrou salário! Ih! Ih! Ih! Ih! A vantagem da tecnologia, manos. Por isso discordo do velho Zygmunt Bauman. Antigamente era perfilar, apenas para ver o saldo...

— Talakune, não tens razão...

— Como assim, "Talakune não tens razão"? Não preciso de ciência para abater a ideia do velho. Ele é um saudosista.

Lembras de como os nossos pais ficavam nostálgicos com *sungura* de Ephraim Joe, John Chibadura e James Chimombe?

— Olha, Talakune — Disse o Alcino Rasgado, — eu não estou lá com cabeça para discutir ciência, hoje. Deixe-me beber. Tanto é que as minhas palavras têm um bafo dionisíaco. Bom, o que quero dizer é que eu concordo com as posições tomadas pelo velhote. Tu leste todos os livros dele ou é meramente aquela mania de criticar o livro pelo título? Leste tudo, hein? Eu não penso que o velho critique a *tech* em si, mas o modo de como a usamos. Olha, veja que, por exemplo, tu, estavas há pouco entretido, no *chat,* com a menina de gestos obscenos. Ficaste fora do nosso bate-papo. Estavas aí a rir-te que nem um palhaço, só para fazer de contas que estavas a participar da conversa. Ou pensas que não notámos? Veja em que estado estão os nossos próprios casamentos. Não vamos avaliar coisas longínquas. Todas as noites, com as nossas esposas, viramos as costas, e vamos em busca, através de redes sociais, daquilo que está distante. Percebes? Percebem-me, vocês? A tua esposa ali, todinha para ti, mas tu perdes tempo com *interesseiras.* Agrada-nos, amamos e sentimos o fraco pelo que está distante e, talvez, nalguns casos, o que nos é inalcançável. O contíguo, repele-nos; o que está distante, atrai-nos. Simples quanto isso. Penso ser isso o que o velho Bauman defende. Penso. Já disse que estou, estou grosso. *HIC!*

— Ouçam, amigos, já que entramos nessa coisa de relação e não-relação, melhor mostrar-vos isto. Esperem que eu procuro aqui no celular. Aqui está:

O amor sexual se revela mais claramente como ânsia de propriedade: o amante quer a posse incondicional e única da pessoa desejada, quer poder incondicional tanto sobre a sua alma como sobre o seu corpo, quer ser amado unicamente, habitando e dominando a outra alma, como algo supremo e absolutamente desejável. Se considerarmos que isso não é outra coisa senão excluir todo o mundo de um precioso bem, de uma felicidade e fruição; se considerarmos que o amante visa o empobrecimento e privação de todos os demais competidores e quer se tornar o dragão do seu tesouro, sendo o mais implacável e egoísta dos "conquistadores" e exploradores...

O que vos parece? O que é que vocês acham? Foi aquele tipo com nome difícil que disse isso. Epá, não me ocorre o seu nome...

Talakune pensou: "como eu, a Teresa e você, Rasgado", mas depois lembrou-se que a sua esposa era uma meretriz. Foi daí que soltou:

— Nietzsche. Esse pensamento aí cheira a Nietzsche.

— Isso. Ele mesmo. Que acham, hein?

— I-A. Enfim, manos, não há verdades absolutas *hic et ubique.*

— Para mim, o tipo está a querer dizer que devo partilhar a minha esposa com ele.

— Eh! eh! eh! eh!, confesso que foi o que percebi também.

No fundo é isso, amigos, uma sociedade em que todos se

relacionam com todos; onde ninguém é de ninguém; onde tudo come tudo. Nada de ciúmes... Até porque nem adianta. Como se pode ter ciúmes por algo que não nos pertence? Vós pertenceis a vós próprios, irmãos.

— Ele era maluco, pá. Mudemos de assunto. Já imaginaram, eu, Ramalho, partilhar a minha esposa com um Alcino Rasgado ou Talakune? Arre! Eu até posso andar fora, mas ela, eh! eh! eh!, ela que experimente.

— O que farás? Nem a ti próprio, mandas. Afinal, por que acreditas piamente que podes mandar e gerir a vida da tua esposa? Consegues, acaso, penetrar na sua psique? Quer tu queiras quer não queiras, ela sempre irá, nalgum momento, escapar-te. Isso podes escrever.

— Agora me assustas, Talakune.

— Ah!

— Falo a sério. Essa tua teoria assusta-me.

Exactamente no momento em que Ramalho proferia estas palavras, "essa tua teoria assusta-me", um dos telemóveis do Talakune tocava *Stargaze*. Era uma mensagem da Teresa:

"Conheci a tua esposa hoje através de uma amiga em comum. Contei-lhe sobre nós. Fiquei abalada e envergonhada, mas quero que saibas que o meu coração, ele já não é meu, a ti pertence. Chorei, mas agora já estou bem, meu bem. Sinto saudades do teu rosto, do teu dedão a friccionar no meu borrachão, da tua acomia e do teu corpo cheiroso. Já estou a imaginar-nos abraçados, aos beijos. Ai, que coisa, meu Deus! Te amo,

ainda que partilhe o tecto com um fedorento. "

Talakune respondera com brevidade: "Teresa, não me enlouqueças!" Mas, não teve tempo de ler a resposta que nós ousamos transcrever: "O que foi que eu fiz, meu bebé? Quem me dera: Teresa, esposa de Talakune! Estranho, não é? Mas é isso. Te quero muito, homem!" — Entretanto, como apontámos, Talakune não teve tempo suficiente para ler, porque o Mecussete o atacava:

— Talakune nunca ouve. Guarde o telemóvel, irmão. Converse com os *bradas*.

— Desculpem-me, desculpem-me. Era mensagem de um familiar aí, epá. Amigos, vocês sabem como é quando se é o único que sobressaiu na família...

— Nem me fales. — concordou o mesmo Mecussete que o atacava.

— Eish! Até aqueles tios que nunca conheceste já *ressuscitam...* Porque será que me aborreço com os SMS, mesmo quando este SMS diz qualquer coisa como: "tudo bem?".

— Mas, o que foi? Desabafe aí, quem sabe a gente dá conselho... — sugeriu o Rasgado.

— Era mensagem de uma prima aí: *"primo, tudo bem?".* Quando eu vejo isso de "tudo bem" sei que aí não vem coisa boa: *"faço anos no dia doze."* E daí, é para eu fazer o quê? Dizer-lhe que está a ficar velha? Que daqui a pouco vai dar peido-mestre? Eu também faço anos, mas nem por isso ando por aí importunando as pessoas. Chiça! Pensa o quê, esta gente, que quando se é doutor automaticamente é-se rico? O que foi, Ramalho? Não me acreditas? Estás aí a bater o pé no chão e a garrafa vazia na mesa... Queres que eu te mostre que também pago bebidas para homens? Garçom, uma rodada aqui na minha conta! Oh, tu não queres beber? Está bom. Garçom, traga para... todos menos *este* senhor. Toma. Fique com o troco, papá. Uma esposa é um trabalho difícil, imagina duas que o senhor tem!

— Bom, — Começou por falar o Ramalho, — talvez o assunto da tua prima se enquadra naquilo que me fez chamar todos vocês aqui. Dinheiro! Sabes porquê esse "tudo bem?" te insulta? Porque em outras palavras ele significa "não vai uma ajudinha aí?". E tu incomodas-te com isso porque pensas que eles, os familiares, deveriam saber que não tens maneiras de como os ajudar; que tens as tuas preocupações, obviamente, como qualquer outro ser humano mergulhado nesta pequena concha chamada "vida". Antes, porém, deixem-me partilhar a minha fraqueza pela Antonieta. Amigos, não quero acusações descabidas. Eu estou a gostar daquela *mwana*. Com ela, diferentemente da minha esposa, há sempre um beijo bem dado, quero dizer, longo, prolongado, com muita língua, que percorre e varre tudo, envolvendo lábios, dentes, tipo suculento, etc., etc. Com ela a trancada é mais prazerosa do que com a minha esposa. A *mwana* não tem *mathunas*, mas dança-me dum jeito que, *eish*, estou perdendo a cabeça por aquela *mwana*! Pensei e pensei e cheguei a uma conclusão: acho que vou ter de marimbar a mãe dos meus filhos. Eu não disse marimbar os meus filhos, e sim, a mãe deles. Enfim, isso era só para abrir a conversa. É, na verdade, sobre a nossa *life* que quero falar. Reparem que as pessoas estão a enriquecer nesta urbe. E nós, que é feito de nós?

Ninguém compreendia a que ponto o Ramalho queria chegar.

— Vocês... — prosseguiu — vocês acompanharam muito bem a história daquele administrador que foi parar na cadeia por roubo e saiu três dias depois, sem quaisquer represálias; voltou a ocupar um cargo ainda maior que o anterior. Tenho um tio, sem grande nível de escolarização, mas porque é director da cadeia civil (pode tirar reclusos em troca de mola) vive bem, muito bem, melhor do que eu, do que nós todos juntos. Porra, pá! Ser Doutor só no papel? Por exemplo, essa merda de cartões de membro da Frelimo, que treta vem a ser essa?

— Eh! Eh! Eh! Eu aderi, manos! — disse o Mecussete. — Eu aderi. Logo que regressei do Brasil tive que tratar e parar de criticar o sistema de governação... Não vos ocorreu que parei de falar bojardas nas redes sociais? Eu também quero ser director...

— Eu não tenho. Será que é necessário? — Inquiriu Rasgado.

— Posso arranjar-te um, *brada*. Infelizmente, neste país, se não entras na laia dos graúdos, então, ficas eternamente pobre. Infelizmente!

Aqui, Ramalho mostrou um jornal aos amigos e disse:

— Não fui eu quem escreveu este jornal, nada por mim inventado, aqui. Examinem bem, o que vêem aí? Agora vejam este outro jornal. O que vêem? Leiam. Melhor que seja um de vocês a ler para todos. Leia você Mecussete, que me parece mais atento que estes dois...

— Espere! — disse Ramalho devolvendo os jornais com os mesmos movimentos com que os retirara — Deixe-me responder a este puto aqui no Facebook.

— Que puto?

— O Nikhule. Aquele que reside na Holanda. Ganhou bolsa e, não sei como fez, acabou ficando por lá. Escapou às regras de bolsas...

— Conheço a peça. — Atacou Mecussete. — Conheço-o. Esse puto se faz de valentão quando, na verdade, ele é um molengão. Um espantalho que vive uma vida que não é dele. É isso mesmo o que ele é: um espantalho. Ele pensa que somos pássaros que ele deve espantar para não atacarmos o arroz... Arre! Que ele volte a viver aqui em Moçambique, ver pessoalmente a maneira como as coisas estão quentes, para ver se continua por aí com filosofemas. Eu mesmo sou o exemplo vivo disso. Vocês lembram como eu andava com ideias brilhantes no Facebook quando estava no Brasil.

Criticava a tudo e a todos, mas mal regressei, vi pessoalmente e engrenei na cena. *Primum comere, deinde philosophari.* Ele acha que não sabemos sobre a vida que ele leva lá. Dizem que trabalha num armazém. O trabalho dele é encher ou empacotar caixas sabe lá o diabo de quê. Mas, aqui no *Facebook*, o tipo exibe que é gerente. Eh! eh! eh! eh! Eia! Só Deus sabe o quanto o tipo sofre, para juntar algum dinheirinho, de forma a conseguir alguma coisa para cá nos vir exibir. Mas, tudo isso para quê? "Torna-te o que és, irmão!"

— O Mecussete pode ter razão. Mas, não podemos negar que o texto do Nikhule Valentim é muito interessante. O texto é óptimo, embora, denote a mesma fraqueza com que nos deparámos na análise da natureza e gravidade do problema (pois, parece-me que se está a sugerir ou a dar ênfase às elites, naquilo que chamaria de elitização da indignação). O crime violento afecta todas as camadas sociais.

Fazer o quê?

Olha, vejam os jornais: carrinhas cilindradas para chefes e a população a sofrer, a ser transportada como bois, a morrer por falta de ajuda médica e medicamentosa, ou porque a ambulância é usada para fins meramente pessoais, etc. etc. Mas, enfim, é disso que eu falava. É disso que eu falava. I-A! Vamos ser *lay low 'bradas'*, *lay low*. Nada de nos metermos em encrencas. Se te fazes de vivo neste país, morres de fome.

Vamos lá engrenar na cena de adular políticos. Teremos imunidade, basta exibir o cartão vermelho.

É preciso dizer que aquelas palavras tocavam o âmago do Alcino Rasgado, que parecia um campestre. Tinha umas únicas calças pretas, de canga. Só comprava camisas conseguidas no mercado de Nalokhô. Os amigos xingavam-no: "Já notaram que Rasgado usa as mesmas calças? Acho que quer gastar o dinheiro na sepultura. É sovina até para ele próprio".

***

Conversaram um poucochinho fora, melhor, bem defronte da entrada do bar, no passeio. Ninguém havia furtado as luzes de seus carros, graças ao menino de camisa de dois botões. Mas, quando o menino pediu a sua remuneração, apenas o Ramalho lhe deu uns trocos, que não chegavam para nada. Talakune, por exemplo, aquele que lhe havia dado o sinal de "tudo bem" com o seu dedão, respondera que não tinha como ter provas que o menino, de facto, afugentara os ladrões.

— Como saberei que você controlou? Vocês, putos, são malabaristas.

— *Patrão, eu controlou. Me paca lá meu tinheiro, patrão.*

O nosso personagem principal sugeriu que, àquela hora, às duas horas da madrugada, o miúdo deveria estar na cama, a sonhar, e não ali. Mas ele respondeu que a sua cama era mesmo ali, bem ali, nas bermas da estrada, e que um dos seus sonhos (ser recompensado pelo trabalho feito a um senhor supostamente civilizado) acabava de ser mutilado. O Talakune estava envergonhado pela firmeza do menino e deitou-lhe cinco moedas de cinco meticais.

— Mas, precisas de ir à escola. A escola é a solução para os teus sonhos.

— *Eu aqui não estuda, patrão. Não tem pai, nem mãe. Titia me enxotou-me em casa.*

— O quê? — Talakune, que já estava embriagado, mordeu os dentes e fechou os olhos, para permitir que os ouvidos escutassem — não estuda? Enxotado? Ouvi bem?

— *Não estuda, patrão. Não tem pai, nem mãe. Titia me enxotou-me em casa.*

— Porquê? Deves ter aprontado alguma coisa. Conheço esse filme... e o artista morre na capa.

E saiu.

Enfim, pedimos sinceras desculpas ao leitor por perder o rastro dos nossos cavaleiros. Abobalhámo-nos no miúdo de camisa de dois botões. Nós o conhecíamos de vista. Era um menino que ajudava os *mucunhas27,* em troca de algumas moedas, advertindo-os acerca dos caminhos que deviam ou não tomar, os passos perigosos a evitar, entre outras precauções que um estrangeiro precisava de tomar num país empobrecido e fabricador de ladrões como o nosso. Quando lhe *cheirava* que os *mucunhas* eram de boa alma, chegava até a dizer-lhes que os preços dos produtos eram irreais, ou seja, que os vendedores, como que de propósito, elevavam-nos por se tratarem de clientes estrangeiros. Essa denúncia, algumas vezes, custava-lhe espancamentos por parte dos seus

---

27 Literalmente: homem de raça branca. Entretanto, há outros contextos em que mesmo um negro é tratado por mucunha por este obter muitos bens ou ainda por ser um homem com nível académico avançado

patrícios:

— *Nhu alá amalapó, mwahiyekê niwin'herekê* (tu, esses são estrangeiros, são estranhos, portanto, deixe-nos extorqui-los).

— Alá apathianyaka! Alá apathianyaka! (eles são meus amigos! Eles são meus amigos!)

E mostrava-se deprimido aos *mucunhas*, para lhes provar que merecia bom pagamento, para lhes provar que o silogismo dedutivo "todo o macua é aldrabão" era uma pura falácia; que, afinal, ele era (de entre muitos macuas) uma excepção. Conhecíamos o menino de algum lugar, e seria um erro não gastar algumas linhas para descrevê-lo.

Quanto aos nossos docentes, poucos deles dormiram onde sabemos. O Ramalho, antes de ir para os braços da sua esposa Sandra, acreditamos, foi ao encontro da Antonieta. O Mecussete, que era solteiro, talvez tenha ido dobrar-se na sua manta importada da vizinha África do Sul. Obviamente, passavam-lhe na mente as meninas de outrora, as do bar; com os seus seios pomposos e consistentes, suas silhuetas de inocência e suas coxas apetitosas que, finalmente, lhe inspiravam um deleite. E acabava executando uma boa masturbação. Os amigos zombavam muito dele pelo simples facto de continuar solteiro: "Mas, ouve lá, Mecussete, quando é que te casas? És o único que está a resistir neste grupo, *brada*". E ele justificava-se, dizendo que evitava ter mais problemas porque já os tinha de montão e que lhe bastavam.

"Casem-se vocês. Eu, não! Aliás, eu sou preguiçoso e é só por isso que não amo. Eh, tenho preguiça de ter de seguir os preceitos de todas essas convenções próprias de casamentos: ir à cama à mesma hora, andar abraçados, dizer 'amo-te' mesmo quando no íntimo se diz 'odeio-te', etc. etc. Casem vocês!"

O Rasgado, adivinhamos que chegou bem rasgado em casa e que não tomou banho naquela noite. Se calhar, nem sequer despiu as calças pretas de canga e da balalaica, deitando-se na cama, assim como estava na rua. A sua esposa talvez estivesse ainda acordada, de ângulo obtuso, como sempre, mas o marido deve ter virado as costas, também como sempre, e fingido cansaço, posto a mão direita sobre as suas pernas, e desdobrado o braço esquerdo e, depois, dobrado que, de seguida, deve o ter usado como almofada, ainda que tal braço estivesse encostado sobre uma. E, finalmente, depois de muito fingimento, adivinhamos que chegou a dormir, de verdade.

E Teresa, ainda sem sono, talvez tenha trocado mensagens com Talakune.

Talvez!

TALAKUNE

VI

NA MANHÃ SEGUINTE TALAKUNE apareceu em casa com bananas, mandioca, limões e outros produtos que trazia do distrito de Malema. A sua esposa o recebeu com:

— Vi as mensagens que mandaste para uma tal de Teresa, ela diz ser esposa do Alcino Rasgado, fiquei com pulga atrás da orelha. — Fingiu ficar enregelado e com vontade de fazer uma cova para, nela, enterrar-se. Sabia que estava descoberto

— Vi as mensagens com *estes* meus olhos. Homens, I-A. Bebem juntos, finges ser boa pessoa para ele e, meia volta, saltas pra espinha da esposa dele.

— E você que enviou mensagem para... — balbuciou, mas nenhum nome lhe vinha à mente. — Você que enviou mensagem para...

— Que mensagem? Para quem?

Silêncio.

— Mordeu a língua?

— Ah, cala-te, pá!

— Calar-me?

— Cala-te, sim. Afinal quem é que manda aqui em casa?

— Ambos ou ninguém.

— "Ambos ou nhonhôm." Chiu!

— Tu não tens o mínimo respeito por mim. Não me

respeitas nem me consideras como pessoa.

— Batalho dia e noite, para pôr comida na mesa aqui. Desbravo matas e ainda trago banana e.... e.... eh, e ainda me cobras respeito?

— Querias que eu engolisse?

— Engolir o quê?

— Esse teu romance com a dona de pernas arqueadas.

— Ah! ah! ah!

— Ria, Talakune, ria.

«Mas porquê este nojento me toma por uma parva, uma tola?». Pensava. «Ainda bem que já nem fico excitada por ele. Arre! Mete-me nojo só de vê-lo; mete-me nojo só de saber o que apronta fora. E ele acha que pode vir aqui com bananas, mandioca e limão para me enganar. O que é mandioca e limão e banana? Ele acha que pode me enganar; ele acha que eu vou engolir essa sujidade que ele traz de fora. Bom, eu só engulo pelo meu filho, pelo casamento e porque tenho metas. Basta eu terminar a faculdade.... É por isso que supero tudo. Vou deixá-lo exibir, à vontade, a sua masculinidade ridícula. Vou deixá-lo mesmo. Comigo nem sequer dois *rounds* ele aguenta, ainda assim, quer-se mulherengo. Ah! ah! ah! Decepcionar filhas de dono só e mais nada. O que não compreendo é: se ele não gosta da minha companhia e tem vergonha de mim, porquê me mantém como sua esposa? Ou serei simplesmente eu que o mantenho como meu esposo? Se ele não está apaixonado por mim, que sentimento tem por mim, então? O que o prende? A minha personalidade? A minha simplicidade? O facto de eu o tratar bem? Espera, Ferida. Não sejas convencida, porque se o tratasses bem, ele das tuas mãos não escaparia.»

— Um dia desses será a minha vez. Ria!

Os vizinhos espreitavam para apurar melhor os ouvidos. Os que vinham ou saíam do bazar paravam, escutavam e bazavam.

— Queria que eu chorasse?

«O que é que ela está imaginando agora?». Perguntava-se Talakune. «Será que descobriu que comprei por aí estes produtos? Que descubra! Diabo! Mas de onde estava eu com a cabeça quando me casei com esta vadia? E o que me impede de...? Ah! Que culpa tenho eu se Deus deu-me apetite? Atar-me a uma só mulher? Quanto crime isso seria, meu Deus!»

— Diz! Era pra eu chorar? "Um dia desses será a minha vez". E por que é que esse dia não pode ser hoje?

— O quê?

— Ouviste bem...

— Afinal? Bem que desconfiava. Por isso mandas a tua prima para desrespeitar-me. Era isso. Estás cansado de mim. Era isso, era isso, era isso.

— Lixa-te!

— E esta tua coisa que carrego dentro da minha barriga, hein? E este teu feto como fica?

Talakune enregelou. O termo "feto" era como que anestesia para ele: privava-o por completo da sua... À tarde, o nosso cavalheiro passou na Shoprite, onde comprou vários produtos como arroz, manteiga, frango, entre outros, mas não os trouxe para casa.

***

Os estudantes ficaram perplexos, porquanto não haviam entendido as palavras inglesas que o professor Talakune havia proferido. Entretanto, como não podiam mostrar-se ignorantes, menearam a cabeça afirmativamente...

— Ainda bem que me perceberam. Como dizia, hoje vamos falar de vários aspectos sobre as teorias da psicologia... lembrem-se de fazer inteligentes apanhados, pois, como sabem, eu não faço, nos testes, perguntas de *low order thinking*...

— A minha missão como docente não é ensinar-vos interpretações, mas sim a interpretarem interpretações. Ora, na aula passada, tocámos na ideia segundo a qual as crianças constroem seu próprio conhecimento em resposta às suas vivências. Constroem!!! Ninguém, mas ninguém mesmo, nem adultos nem outras crianças, intervêm.... Você aí, Ehenene, dê-me um exemplo de adaptação... muito bem, Ehenene. Aí, Catarina, pode fundamentar a ideia do Ehenene? Ah! ah! ah! Não sabe? Isso é resposta que se dê? Isso é resposta de uma estudante universitária?

Bom, vou ditar os apontamentos... Melhor assim, senão me escrevem coisas: *as crianças*...

[fim da aula].

— É tudo, por hoje. Vemo-nos amanhã...

E os alunos saíram, um a um:

— Ei, *psiu*!

E a estudante vinha.

— Catarina, você caiu muito no teste, sabe disso, não sabe?

— Sei, senhor professor. É que não tinha passado apontamentos... — Catarina adivinhava que queriam alguma coisa dela — não tive apontamentos, por isso...

— E o trimestre passado, que é que me dizes, também não tinhas apontamentos, hein?

— Tinha...

— A situação está caótica, aqui, para ti. Só queria que soubesses disso, para que amanhã não nos apontemos no olho.

— Está bem, senhor professor.

— O que você quer ser amanhã, começa com o que você deve fazer hoje. Acho que compreendes onde quero chegar, não compreendes?

— Compreendo, *stôr*.

— Só para ter a certeza: onde é que eu quero chegar, mesmo?

— Estou com vergonha de dizer, *stôr*!

— Oh, deixa-te disso. Somos dois adultos e estamos sozinhos. O resto aqui são paredes, e as paredes não falam, que eu saiba.

— Tá bom, *stôr*, já percebi.

— Mas você faz bem *aquilo*?

—Faço bem mesmo. Com todos os molhos...

— Aceitaste. Amanhã não quero ouvir coisas. Fica entre nós, ouviu? E tudo estará resolvido, mesmo as notas do trimestre passado, as agilizarei. Mas, diz lá, casarias comigo?

— *Stôr* é casado.

— Quem disse que sou casado? Só tenho uma aia, mas isso não impede nada. «Talakune, Talakune, Talakune. Porquê mentes? O que ganhas mentindo?», pensou.

— Eh! eh! eh! eh!

— Você é casada?

—Eu já não sou casada.

— Ai é? Juras?

— Juro aqui.

— Alma?

— Alma de Cristo!

— Então já somos um casal. Olha que fico bastante contente, por casar uma esbelta como tu... obrigado por me permitires essa graça.

— De nada, stôr.

— O que é isso? Deixa-te, Caty. Entre nós, somos marido-mulher, de hoje em diante. *Stôr*, só quando os teus colegas estiverem presentes... olha que eles têm uma língua enorme, hein...

Retirava-se, a Catarina. E, como que de propósito, ondulava as suas bundas, exageradamente, talvez para enlouquecer o seu novo predador. Parecia que adivinhava que Talakune lhe olhava para o traseiro. Ele sorria tanto e mordazmente, com as orelhas, tanto mesmo que até os cantos dos lábios iam tendo inveja dessas mesmas orelhas. Esfregava as mãos, enquanto se punha a imaginar como ficaria a sua cama, adornada pela Catarina!

VII

ABRAMOS PARÊNTESES PARA RELATAR a história desta nova personagem, a Catarina. A história dela começa com a história de um jovem dos seus trinta e dois anos. Ele era paupérrimo, porém, honesto, respeitoso e extraordinariamente batalhador. Todos os velhotes do bairro, inclusive aqueles a quem dificilmente se lhes arrancava o elogio, concordavam que "ele era uma companhia muito agradável". Aliás, todas as mães o queriam para esposo das suas filhas, embora fosse ele um pobretão.

— Como *lhe* gosto muito, aquele rapaz. Muito respeitoso. Dá para ser teu esposo.

— Mas ele é pobre, mamã. Vou comendo o quê, cinza?

Essas coisas de coração carecem de explicação. O homem concorrido escolhera uma rapariga fora de questão: frequentadora assídua dos semáforos. É verdade, sim, que era esbelta, de glúteos que faziam todo o homem do bairro esticar o músculo e, sobretudo, muito amável. Constou-nos que casaram a *nicahi*. Gostavam muito um do outro. Havia valido a pena para a Catarina saber que já era bica de um só bico.

Com o andar do tempo, a sorte bateu-lhes à porta e o jovem dos seus trinta e dois anos conseguiu um emprego. Era um funcionário da Alfândega e, como se sabe, o seu "salário" vinha de hora em hora (através de motoristas indocumentados), num país em que se aufere ao fim, ou, quando pior, no início de outro mês! Tudo corria bem para o casal. Ora, por razões que desconhecemos, o jovem fora indigitado para ir trabalhar, por seis meses, numa outra cidade, bem longe de Nampula, bem longe da Catarina. Passados seis meses, o jovem mandou chamar a sua esposa, obviamente, e passaram a viver juntos na casa de um familiar, enquanto se organizavam para terem a sua própria moradia. Veio a gravidez. Veio o filho. Tudo isso, conseguido sob o tecto da casa do familiar, acontecimentos que não incomodavam tal familiar, visto que o casal ajudava no mantimento da casa. Sorte que durou pouco, pois o casal precisava de privacidade e comprou uma casa num bairro nem rico nem pobre.

De súbito, o jovem ficou endinheirado e a Catarina já não era nada.

Eka!

Estava grávida do seu segundo filho, quando o marido pernoitava fora de casa. Frequentava prostíbulos e quartos de vizinhas, quando os esposos delas se ausentavam. Os únicos companheiros da nossa amiga eram a solidão e uma tia que morava com eles para aproveitar comer e estudar de graça.

Essa é a breve história da Catarina. A nova presa do Talakune...

VIII

A

LGUMA COISA PERTURBAVA TALAKUNE naquela noite. Rebolava na cama, de um canto a outro. Cobriu o corpo com quatro mantas e, pulava do sofá, de chofre, e punha-se a dar voltas a passos longos na confinada sala. "Será? Não. Não pode ser...". Fazia questões que depois eram respondidas por ele mesmo. Foi daí, então, que decidiu pegar no termómetro. Avaliou a sua temperatura: "Não, não tenho malária. Mas, o que vem a ser isto?" Com o apoio da palma direita, empurrava o seu queixo para os acrómios, como que para se libertar de alguma tensão. "Será que ele me amaldiçoou? Não, ele não tem esse poder... hum, mas, posso estar enganado. E se ele tiver ido ao curandeiro? Também isso não; teria de ter dinheiro para pagar o serviço e ele não tem dinheiro. Bom, talvez esteja a preocupar-me demais com ninharias. Mas, por que será que me ocupo com tais ninharias? Por que é que, de chofre, este estranho sentimento de ressentimento invadiu o meu corpo? Chega! Basta! A verdade é, Talakune, o que não te preocupa não te ocupa!"

Seguido a isto, encobriu-se Talakune com uma outra manta, somando cinco, como se se ocultasse de alguém. Procurou então ocupar a mente de coisas "boas": das viagens que fizera a outros cantos do mundo, das amizades que construíra, entre outras. Eis que, no meio dessa divagação, Talakune deu um encontrão na sua infância: lembrou-se do pai que falecera quando ele ainda não tinha olhos para ver, da mãe e irmã prostitutas, e de que, por conta dessa prostituição, ele passara grande mico com os rapazes do bairro. "Nostomania? Não, Talakune, tu és forte!". Começava a compreender a razão do seu mal-estar. "Epá, só pode ser isso!". Disse, de si para si, enquanto empurrava a manta para os dedos dos pés.

As unhas desses dedos estavam há meses sem ver uma lâmina. Da sala ouvia-se o som da TV. Passava uma novela brasileira, *Pedra Sobre Pedra,* a qual a prima do Talakune adorava muito e não perdia nem um capítulo, a não ser que nesse dia lhes tivessem "cortado" a energia.

Quando a Ferida lhe perguntou se ele estava com insónia, Talakune respondeu: "Vou deitar-me na sala, no sofá. Essa tua gravidez...". A Ferida quis retorquir, mas o seu interlocutor já não se encontrava mais ali. Já no sofá, enterrou a cabeça nos joelhos e cobriu-se, para evitar que a luz do televisor lhe queimasse os olhos.

— *Tu és um súcio.*

— *Eu? Por que seria eu um súcio?*

— *Não te faças de despercebido, Talakune. Tu és imprestável. Como podes ter tamanha coragem?*

— *Mas, do que é que falas? Ora só me faltava essa: meu eu a brigar comigo. Vá, desembucha logo. O que é que sabes que eu não saiba?*

— *Deixa-te. Cansei de servir-te de despertador. Tu sabes que o que fizeste hoje à tarde, é, foi e sempre será uma maldade, uma ingratidão, um... enfim, procure um psicólogo. És um caso de estudo, rapazão.*

— *Hoje... ah...*

— *Já te lembras, não é?*

— *Mas, o que fiz de mal? Pelo contrário, penso que hoje ganhei mais dois degraus no Jannat.*

— *Eh! Eh! Eh! Eh!, aí é que tu te enganas. Não sou nenhum Sheikh, mas para mim nada torna válido proceder como procedeste hoje.*

— *Espera aí, o que querias que eu fizesse?*

— *Queres mesmo fazer esse jogo?*

— *Que jogo?*

— *Esse jogo...*

— *Mas, que jogo weyo, pá! Assim vais te arrumar em juiz?*

— *Não é questão de ser ou não juiz, mas, convenhamos: entre a Catarina e o Lopes, quem é que merecia os cinco mil meticais? E mais: que assunto foi aquele de fazer compras na Shoprite, para vadias, quando tens uma esposa grávida, futura mãe do teu filho, a minguar?*

— *Oh, afinal era isso? Só por causa disso que me maltratas toda Santa Noite? Deixe-me dormir, sinceramente. Não vejo que mal fiz, antes pelo contrário...*

— *O que não está certo, para mim, é ver você dar cinco mil meticais a uma "vadia" que nem por sonho levarás na cama, em vez de dar a um amigo que te acolheu, após a morte da sua irmã.*

— *Epá, é muito difícil de eu explicar-me.*

— *Ah, fosse eu o Lopes diria:*

"Virtuoso Doutor, talvez tenha esquecido (ou fingido esquecer) que

*chegou onde hoje chegou, em parte, graças a mim. Obviamente, não eras
o que és. Dormias onde eu acordava! Surpreendo-me, como um homem
de sua índole pode tão indolente ser! Nunca, nem por um segundo,
passou-me pela cabeça que o seu coração fosse capaz de reunir tanta
ingratidão. Pergunto-me, como fui tão tolo a ponto de deixar-me ser a
tua alcatifa? Qual destino Deus te reserva, esse falível cupido de nossas
almas?"*

— *Epá, I-A! Estás a destruir-me. Estás a mostrar-me quem
verdadeiramente sou, e isso não me agrada... A Catarina... epá, porque
foi que não hesitei em dar-lhe o cinco mil meticais? Porquê? Querer
parecer o que não sou? Mas por que não dei o mesmo montante a um
tipo que me acolheu e tratou-me toda a papelada da escola; um tipo que
me fez ingressar no convento, que me deu alento? Mas, espera aí, porque
devo eu me sentir endividado se ele julgava estar a ajudar-me? Uma
ajuda que espere retorno não pode ter o nome de ajuda! Uma ajuda que
nos deprima deve ser susceptível de ser rejeitada! É isso. Mas, também,
se não oferecesse nada a Lopes, ele mesmo me queimava em uma praça
pública. Conheço a alma dessa gente. Valeu a pena ter-lhe dado os
trezentos meticais, assim lhe calo a boca. Hum, mas sejamos honestos,
Talakune, trezentos meticais, só? Eh! eh! eh! eh!, por que és tão cacata
com pessoas que te tornaram no que és? E ajudas, sem sequer duas vezes
pensar, aquelas que pouco te dizem respeito! De facto, devo concordar,
sou um caso de estudo... sou um caso de estudo...*

E foi tendo esse monólogo que Talakune adormeceu. E,
mesmo enquanto dormia, era soníloquo: «sou um caso de

estudo...»

Na manhã seguinte:

— Ouvi-te falar sozinho enquanto dormias. Arranje um psiquiatra.

— Não tens assunto, não é?

— Procure se curar.

— Eu estou em perfeito juízo, estás a ouvir?

— Que juízo? eh! eh! eh! Pessoa com juízo faz o que você faz?

— Fazer o que faz, o quê? Passei a noite inteira a dormir, eu. Se existe uma maluca aqui em casa, essa maluca és tu.

***

O vento batia levemente na folhagem do cajueiro e da mangueira. Por debaixo dessas árvores descansava uma velha. Cascava a mandioca e agora punha-se a cascar a filha:

— O que vem a ser isto? Será que estou a ver bem, ou fiquei...? Por que é que te vejo com as tuas brogúncias, aqui? Logo você, que me disse que ele era um Doutor e, por isso, um civilizado. Não basta sustentar a tua filha, ainda tens de...

— Mamã, eu cansei de ser tratada com se fosse um trapo.

— Mas, pelo menos, comes. Ou não? Sabe quantas raparigas aqui no bairro choram para casar? Responda-me!

— Mas, mamãe, acha que comida resolve, chega para salvaguardar uma relação?

— Hoje em dia, sim. Que mais uma pessoa quereria?

— Ele não me dá amor.

— O quê? Amor de cocó! Volte para a casa do seu marido. Ele te sustenta. Eu não tenho como...

— Mas, mamã. Ele nem sequer me vê como mulher.

— O que é "ver como mulher?". Ele dá-te tudo e, às vezes, compra celeste para mim aqui. Que mais quereria uma mulher? Dirás outra vez: "amor". Mas amor não enche a barriga, filha.

— Ele trai-me na minha cara. WhatsApp dele está cheio de vadias. Eu mesma vi as conversas.

— Paciência. Procurou mexer porcaria, agora aguente com o

cheiro. Acha que ele vai ser só teu homem? Existe isso?

— E eu, que sou fiel a ele?

— É porque queres. Acorda! Não confie muito nesses lábios carnudos, nesses teus olhos rechonchudos, muito menos nesses seios cheios. O corpo da mulher tem prazo, minha filha. Pois saiba que basta tu envelheceres ele te descartará; irá meter dentro uma outra mulher mais jovem, assim como fez com aquela que tu substituíste. Ou te esqueces? O importante agora é que tu és a que está no trono. Mas isso não obsta que tu procures outras fontes de rendimento. Compreendes?

Silêncio.

— Compreendes-me?

— Mas ele me faz mal, mamãe. O dinheiro que ele me dá nem dá para encher a palma da mão.

— Discordo. Ele te faz bem, sim. Olhe por outro ângulo, filha. Fazendo traições como ele faz, também te dá campo, liberdade e motivação para também... entendes? O mal é, no fundo, o bem. Conheces muito bem a mãe do Ramos, a nossa vizinha. Ela tinha um namorado, antes de casar com o pai do Ramos. Este namorado vivia lá na capital. A coitada da mãe do Ramos mandou amendoim e castanhas, com todo amor: "meu namorado sente falta destas coisas", dizia ela, "quem sabe, ao receber esta encomenda, ele entende de uma vez por todas que lhe desejo". A coitada não sabia que esse namorado era um convencido. O tipo nem sequer teve a cortesia de ir buscar a encomenda que ele mesmo havia solicitado. Quer dizer, julgava-se importante e pensava que todos tinham de dançar à sua volta só porque estudava numa escola grande. O imprestável era tão egocêntrico que até dava nojo como o diabo! Para ele, ele era a melhor coisa que podia acontecer na vida da mãe do Ramos. O pai do Ramos, que na altura também cursava qualquer coisa lá, chegando-lhe aos ouvidos o sucedido, prontificou-se em ir buscar a encomenda... Namoro deles começou assim. Até hoje que estão casados. Em vernáculo: o mal veio a ser o bem.

Vá, filha... Um dia entender-me-ás.

A nossa amiga tomou "chapa-cem", retornou ao marido, ou, pelo menos, à casa do seu marido. Alguns passageiros curiosos a acalmavam com palavras consoladoras, como se soubessem do que se tratava, apenas para fazer sondagens. Houve até um cavalheiro, monopse, que disse: "Mas o homem não se percebe, sabem? Mulher bonita, esta, mas já conseguem fazê-la chorar. Uma pena, uma pena, mesmo, eu não ser o anzol para o peixe que ela é.". Falava com o ar de quem não fosse capaz de seduzir, por ser zarolho. De qualquer modo, aquelas palavras tocaram o coração da nossa amiga, que até aceitou um pedaço de papel amarelo e amarrotado que o cavalheiro lhe entregara, discretamente. Recebera-o com a mão esquerda e mantinha-o no seu punho fechado, como forma de o ocultar de qualquer olho intriguista. Mas, porque a mão estava molhada de lágrimas, enviou o papelzinho para o seio esquerdo, dentro do sutiã. O cavalheiro piscou com o único olho que lhe restava, enquanto apenas as sobrancelhas do outro, encovado, seguiam o movimento, acompanhado de um sorriso maroto e, depois, de palavras, mimicamente.

***

"Vimos o teu marido no hotel Girassol com mulheres de má vida".

Esta queixa fizera Ferida perder a paciência, até que decidiu averiguar. Chegada ao hotel, reparou que a viatura do Talakune estava ali estacionada. Subiu as escadas até à recepção.

— Em que quarto se encontra o senhor Talakune?

— Senhor Talakune? Tem certeza que ele veio a este hotel?

Folheava o caderno de entradas, passando os olhos sobre ele, de modo atento e sério.

— Olha, meu senhor, poderia o senhor fazer, se faz favor, a leitura da minha fisionomia? Consegue ver que estou agastada? O nosso pai acaba de falecer e ele precisa saber.

— Aceite as minhas mais sentidas condolências. Por ora, preciso de provas que a senhora é, de facto, a irmã...

E passaram-lhe o bilhete de identidade, que continha o mesmo apelido, adquirido por via de casamento. O recepcionista avaliou o documento afincadamente. De seguida, pediu desculpas e mostrou-se novamente condolente. Pegou no telefone e ligou para o quarto 223.

— Senhor Talakune, a sua irmã, dona Ferida, encontra-se aqui.

Talakune saiu apressado, de cuecas, apenas. E o resto, os senhores já podem imaginar. Houve uma luta de difícil descrição. Talakune ganhou uma ferroada com os dentes, no falo, e uma partícula da coroa da glande foi cuspida, com desdém, juntamente com um líquido espesso e esbranquiçado. O órgão que outrora era eréctil e copulador, agora era infértil e chorador.

— Ui! Uh! Maluca!

— Se eu sou maluca, tu serás o quê? Ah! Ah!

— Mordeu-me o catano! Mordeu-me, a maluca!

— É para aprenderes. Assim vou lá no 223 pra ver quem é essa fulana que faz melhor queca do que eu.

Mas o guarda interveio, evitando o pior.

— Sua cara de cu! Tu pensas que vais me ter sozinha? Ai...! Chamem ambuuulância... senhor recepcionista, por fa...vor, ajude o teu irmão!

No lugar da ambulância, chamaram um táxi. No hospital, depois de tanta espera na bicha28, deram-lhe umas esfregadelas de álcool (o que doeu bastante), enrolaram uma ligadura na zona traumatizada e receitaram-lhe um Paracetamol!

— O que houve com o senhor? Em que circunstâncias isto aconteceu?

— *Lhe encontraram enquanto estava com outra mulher.* — Apressou-se a justificar um dos acompanhantes, para não dar

---

28 O mesmo que fila (no contexto português e brasileiro).

espaço a mais morosidade.

Foi nesses termos que o atendimento sucedeu.

A Ferida não se dera ao trabalho de ir ao hospital. Para quê, se ela era a lesada? Foi para casa, chateada, com a única intenção de ir-se embora; cessar, de uma vez por todas, com aquelas humilhações...

Contudo, não saiu de casa.

Saiu apenas do quarto da casa principal e passou a dormir no quarto da *dependência*. Ferida exigia pouca coisa: carinho. Talakune julgava que dava tudo, por deixar, quando entendesse, algum dinheiro para a comida, mas a Ferida dizia que queria carinho e nada mais.

— Estou de *jejum daquilo*, há seis meses. — Assim dizia ela em conversa com as amigas.

Nos bolsos do Talakune a Ferida encontrava preservativos e, quando lhe questionava, ele respondia: — A senhora não sabe para que servem os preservativos?

E pensava: «Arre! Ela quer que eu lhe dê sempre atenção; quer que o meu tempo seja exclusivamente dedicado a ela; e eu? Que se faz de mim? Acaso vim para este mundo para viver vida de outros? Se eu soubesse que seria assim, nem... Eh, ela ficaria ainda nos semáforos, como meretriz».

Mas agora ele queria essa meretriz para cuidar o ferimento do seu instrumento.

***

Abriu lentamente a carta e leu as letras garrafais: "LAMENTAMOS PROFUNDAMENTE A PERDA DO SEU ESPOSO. O CADÁVER FOI SEPULTADO, IMEDIATAMENTE, JUNTO A OUTROS, NUMA VALA COMUM. FOI TRÁGICO O QUE ACONTECEU E NÃO HAVIA COMO IDENTIFICAR QUE CORPO PERTENCIA A QUEM".

Talvez os leitores pensem que a sensação da nossa amiga foi de tristeza; mas, naquele momento, ela estava tão feliz, tão felicíssima como se no poço do seu coração estivesse a ocorrer-lhe dizer: "Finalmente, o macaco morreu! Estou liberta. eh! eh! eh!" Começou a praticar libertinagem, quer dizer, agora, à vontade. Juntava três homens na mesma cama, como nos velhos tempos. Todavia, não tardou muito que essa alegria se dissolvesse como a neve, quando há insuficiência de insulação no ático: a carta que recebera era falsa! Afinal, o seu escritor, era o próprio Talakune. Estava casado com a Catarina. Entretanto, aconteceu que ela, a Catarina, lhe havia rebocado tudo e fugido com o seu amante que, por sinal, era o colega dela do curso. Os meses que se seguiram não foram nada óptimos para o nosso cavalheiro. Desempregado, frequentava tabernas, para apagar as mágoas e acompanhar a solidão. As mulheres haviam desaparecido, os amigos...

Numa certa noite de luar, estando ele a beber, injuriara um

homenzarrão barbudo e narigudo que, com dificuldades, ingeria o seu vinho, devido à grandeza do seu nariz.

— Como é que é?

— Ah! Ah! Ficou mudo, agora?

— O senhor disse o quê?

— Eu disse *onanara wa-kwiya*[29]!

Talakune não ouviu mais palavra. Levou sovas. Foi parar à sala de reanimação. E esticou!

---

29 Se a feiura matasse.

IX

MAS... EIS QUE PASSARAM sete sóis e... Eh, Talakune estava ressuscitado! O caro leitor não quer imaginar como ele fora vítima de maus olhares:

— Dizem que morreu e *levantou30*. — Diziam isso, os observadores, apontando-o com o queixo.

E Talakune sentia uma tremenda vergonha. Por essa razão, decidiu sumir.

Bom, para chegarmos até à causa que levou Talakune a ser expulso do serviço, precisamos de retornar àquele encontro, àquela reunião tida no restaurante-bar Almeida Garrett. Afinal, os rapazes docentes haviam chegado a um acordo, naquele dia: *fácil enriquecimento que consistiria em... para eventualmente superar sofrimentos pretéritos.*

Como se sabe, naquele encontro haviam excluído o Nanjolo. E ele, não se sabe como, ficou sabendo desse encontro e, inclusive, do que havia lá se falado, e muito mais. É claro que, mais tarde, ficou apurado que o Mecussete lhe havia ciciado tudo. Ele, o Mecussete, conseguia ter esse comportamento sujo de *trocar tintas* a uma aparência de algo apreciável:

— Olha, Nanjolo, andaram a falar mal de ti e da tua vida...

— De mim e da minha vida? Como assim?

---

30 Traduzido literalmente da língua Emakhuwa: ressuscitar.

— Isso mesmo. Mas, por amor de Deus, não diga que eu te disse isto. Estou apenas sendo bom amigo pra ti... e queira lá Deus que esta minha bondade não me custe caro.

— Mas, que fiz eu? Quem andou a falar e... sobre o quê, exactamente?

Os cavalheiros bebericavam na dona Muanacha. E, por isso mesmo, talvez para mimar o seu cliente e com isso motivá-lo a comprar mais e mais, ela falou:

— Sobrinho, é só não levar a peito essas coisas. É só não levar a peito. Eu, aqui no bairro, quem é que não fala mal de mim? Contam-se pelos dedos. E sabes porquê, sobrinho? Minha barraca.

E lhe sussurrando:

— Dizem que tenho muito *movimento*; que fiz *wassuwassu31*. Deixe eles falarem...

— Tem razão, a tia.

— Hoje não vai um petisco, sobrinho?

— Pode trazer, tia.

— Tenho carne de porco, espetada, frango e peixe pedra grelhado.... Qual deles vai...?

— Qualquer, tia. Qualquer coisa serve.

E saía satisfeita de ter arrecadado mais umas moedas, enquanto os "sobrinhos" prosseguiam com a sua conversa:

---

31 Sortilégio.

— Dizem que chumbas os casos dos outros.

— Chumbar casos? Não entendo nem uma vírgula do que me diz.

— Sim. E não os chumbas? Bom, não que eu esteja fazendo objeção. Até porque, quanto aos meus, percebo-te... os miúdos não sabiam nada, pá. Olha, já te dei as pistas.

— Vivem me comendo, não é? Pois que o façam. *I don't give a fuck! Feel free to talk about my life, bitches.*

E saiu sem o petisco.

Pontapeou uma lata vazia de cerveja, que foi parar ao tornozelo de um dos clientes. Avaliando a mesa desse cliente, poderia inferir-se que o sujeito tinha muito dinheiro (tinha imensas garrafas vazias de cerveja à sua mesa). O garçom até procurou afastá-las dali, porém, fora interditado.

— Ei! Senhor, aí, o senhor aleijou-me *aqui.*

— Poxa!

O que veio depois da boca desses cavalheiros até dá vergonha de escrever:

— "Poxa!"? O senhor me aleija e ainda quer exibir irritação?

— E isso é mau? Porra! Cona da tua mãe, pá!

O outro sabia muito bem o valor daquele insulto, devolvendo prontamente o troco:

— Ah! ah! ah! Cona da minha quem? E a tua mãe, acaso ela tem bacia?

Houve:

Risos...

Alaridos...

e

Assobios...

Dona Muanacha, que estava habituada a semelhantes confrontos, e porque previa que fossem estragar-lhe os seus bens (copos, cadeiras, mesas e mais), disse, encolerizada:

— Na minha barraca, não! Os senhores não são crianças. Exijo respeito mútuo. Os senhores são seres civilizados e não *astralupetecas*!

— Diz-se AUSTRALOPITECOS, titia! — gritou-lhe lá do fundo um jovem de cabelo curto, de calças de bombazine e camiseta, "vota Dlhakama", que bebia calmamente.

— Quem entendeu, entendeu...

Quase se preparavam para um duelo, mesmo. Houve inclusivamente um senhor, muito bêbedo, que até parecia que era ele que bebia todas as cervejas naquele bar, que quis "arbitrar" o duelo, apanhando um montinho de areia que distribuiu em cada uma das conchas das mãos enrugadas, fechando-as, em punho. E, de seguida, disse-lhes: "Quem sacudir primeiro esta areia, é porque não tem medo do outro."

Não fosse o Mecussete que interveio:

— Suca daqui. Suma daqui, *nakatju32*. — E, dirigindo-se ao ofendido, disse: — Pedimos sinceras desculpas. Eu lhe peço desculpas em nome dele, meu caro. Sabe como é... Álcool!

— Mas desculpa não cura ferida, mano.

— Eu sei, meu caro. Eu sei.

E tudo ficou por ali.

Quando os docentes finalmente se retiraram, o jovem do "australopiteco" rematou:

— Estamos no final do semestre, e em pleno dia lectivo, mas eles preferem estar aqui a beber como se fossem nós, os desocupados, ao invés de trabalhar. Este nosso ensino! "Somos docentes", dizem eles, de peitos enchidos. Eu pergunto: que tem de docente este comportamento que acabamos de presenciar?

— Roubar dinheiro de governo, só. — Resumiu o companheiro, que dava goles largos na sua cerveja.

— Mas não é isso?

—Ah! cansei-me deles. Sempre ouvimos as mesmas cantadas. "*déficit* de professores, *déficit* de professores" ou "não há empregos que cheguem, não há *job*...", no entanto, se um e outro é empregado, eis que vemos o mesmo quadro: docentes alcoólatras, invejosos, fodilhões, corruptos e sabe lá o diabo mais o quê. Andaram a perseguir-me muito, que até chegou

---

32 Bêbedo.

uma fase que eu mesmo também passei a creditar no joguinho e comecei a perseguir a mim mesmo. Persegui-me, persegui-me, e foi por isso que parei aqui, onde já não mais consigo encontrar-me. E pensam que eu culpo a mim mesmo por esta fatalidade? Não! Recuso-me a isso. Tudo o que hoje sou, esta desgraça, foi e é graças àquele gajo que acaba de sair e seu amigo doutor Talakune. Andaram a tramar-me por causa de uma pitinha que não aguentava comigo. Intimidaram-me: "Você, se continuar a armar-se de Brad Pitt, vai chumbar". Larguei a menina, julgando que estava a ser generoso com eles, mas nada. Continuaram a meter-me dedo, meter-me dedo. Desisti... Mais tarde, soube que a pitinha havia transferido para a Delegação de Quelimane, pois lhe estavam a reprovar por *se proibir*. Onde já se viu, docentes decentes a deixarem no quadro preto seus números de celular (eh, porque eles têm mais de dois celulares) e dizer: "Este aqui é o número do *Mpesa*".

— Sério?

O jovem do "australopiteco" franziu o cenho, deu mais dois goles demorados, lambeu seus lábios como que para acabar com aquele sabor amargo, não da cerveja, mas do ódio que o corroía, que sentia dentro de si e que resultava numa ebulição, e disse:

— Se não me acreditas, prontos.

***

Estando na sucata importada do japão, Nanjolo notou:

— Detesto aceitar isto, quero dizer, estar de acordo com ele, mas o Talakune tem razão quando odeia estes saloios Maxanganas. Deixam a terra deles... e já querem vir nos subir na nossa própria casa? Chiça!

— I-A. O cabrão merecia umas sovas. Eu só o acudi porque... sabes como é. Somos docentes universitários. Somos doutores. Entendes? Não ficava bem...

«Devias era agradecer-me comprando-me mais cervejas, seu pulha», declarou mentalmente Mecussete.

Chiava, dando passos curtos de um lado para o outro, quando, enfurecido, Nanjolo chegou, finalmente, em sua casa. Desejava a morte aos seus amigos. As crianças e a sua esposa já haviam adormecido, pelo que ninguém o ouvira chegar. De súbito, reprimiu-se, e teve uma sensação de ressentimento: "Mas que sentimento é este que me toma? Por que é que lhes desejo a morte, como se eu próprio fosse imortal? Não! Algo não está a bater certo. Acalma-te, Nanjolo, tu és maior do que esse sentimento bizarro."

Lançou o pesado corpo na alcatifa, de bruços, e começaram a vir-lhe imagens de si próprio, perecendo da maneira mais suave, já que, para ele, ele era um ser especial, isento dessas mortes trágicas destinadas a pessoas comuns. Então imaginava o seu coração parando de bater, o seu corpo envolto em um lençol de linho branco, e pessoas amáveis admirando como ele era bonito, mesmo quando a sua pele tomava a coloração roxa e acinzentada. Imaginava tudo isso com um certo amor a si próprio, e abanava a cabeça com um sorriso involuntário e sardónico. Porém, deu um salto quando notou que, como morto, também teria erecção, como bem advogam os entendidos na matéria. "Não! Que vergonha! Quem é que me irá ver nessa condição? Quem será que irá massagear para amolecer o meu corpo já rígido? Talvez venha ser o Talakune, de que eu tanto desdenho; quem sabe lá? Aquele tipo terá essa coragem, pois ele não se importa em pegar sujidades que pisam sujidades. Mas, alto!, para que isso seja possível, terei de ser outra pessoa. Deixar que os seus *casos* passem na minha disciplina, por exemplo, ou mesmo cumprimentá-lo três vezes ao dia pode liquidar a conta. Ele tem de notar que mudei, que nasci de novo. Mas... hum, é tanta humilhação, pá! Como evitá-la? Já sei. Já sei. Já sei. Que se lixem esses cães!"

E foi nesses termos que Nanjolo decidiu queimar a fita dos colegas, em relação à qual, pela escassez do tempo, não entraremos aqui em detalhes, não lhes diremos em que consistia essa fita. O que podemos adiantar é que os jovens perderam ...

Como se pode depreender, entrar em detalhes para esses relatos todos, levaria um sem-número de páginas.

MILLER A. MATINE

***

O reaparecimento do Talakune não fora uma obra do acaso. A Ferida conseguira suas pistas através do seu amante, o Rasgado, ex-colega do Talakune. Depois que o marido sumiu, Ferida esteve privada de muita coisa, coisas de primeira necessidade e de segunda e de terceira. E precisava sustentar os seus filhos. Procurou, então, arranjar um novo "marido", mas apenas encontrava tipos que lhe acrescentavam mais filhos. Conhecera Salimo, um ferreiro que, embora tivesse perdido o dedo anular, era dedicado à sua profissão e deixava os seus clientes satisfeitos e, o mais importante, era um fogo na cama. Esse ferreiro deu-lhe dois filhos e, anos depois, zarpou sem deixar rasto.

Casara e descasara com o Aharissana, com quem fizera também dois filhos, dos quais ele não sabia como viviam. Aharissana conhecera uma senhora que tinha quatro filhos de outro homem. E ele foi criando com todo o gosto os seus enteados, enquanto os seus filhos biológicos também eram cuidados por outros...

O que movia a Ferida a procurar o Talakune? Amor? Desprezo? Vontade de humilhá-lo ou até de culpabilizá-lo por tudo aquilo que acontecera?

Ficou triplamente contente quando viu Talakune. Desejou dizer-lhe palavras carinhosas, mas a língua recusava-se a obedecer-lhe... Talakune tinha uma aparência que sugeria ter duas vezes a sua normal idade. Causava compaixão. Ambos choraram, não sabemos se de alegria ou de tristeza. Limparam as lágrimas um do outro. E, quase que por instinto, abraçaram-se.

O vento passava. Varreu as lágrimas dos rostos, secando-as, na roupa. Molestava-lhe aquele dedão grosseiro que lhe apertava os seios; aquela respiração ofegante que lhe enviava ao rosto um hálito quente e húmido. Tentou libertar-se daquele abraço, fugir-lhe...

Mas não fugiu. Gostava.

Os olhos castanhos de Talakune tinham a cor de sangue; parecia desejoso de dizer alguma coisa e fazia gestos de aflição; a Ferida, de cabelos longos, mas alheios, passava a mão pelas bochechas, olhava para aqueles olhos, grandes olhos bojudos e castanhos. Cruzou os braços sobre a nuca do companheiro...

[... e deu-lhe um beijo chuchurreado.]

SOBRE O AUTOR

Miller A. Matine nasceu no distrito de Liúpo, província de Nampula, em Moçambique, em 1985.

Cursou Filosofia na Universidade Pedagógica e Estudos de Educação na Concordia University de Chicago.

Foi professor de Filosofia na mesma escola onde frequentou o seu nível básico, escola secundária de Namapa, em Nampula. Foi criador e moderador da página "Diálogo Sobre Moçambique" no Facebook. É autor dos livros *Brogúncias do meu Bairro, Poemas Murchos sobre Almas Vivas, Contos de Cubículos em Tontos Versículos, Este Conto Não tem Título e Quando o meu corpo estava devastado*. Em 2015, Miller teve a oportunidade de conhecer o filósofo alemão Jürgen Habermas.

Actualmente o autor mora em Chicago com a sua esposa e seus dois filhos.